2023

铸牢中华民族共同体意识

中国少数民族文学之星丛书

空山寂

张伟锋 著

作家出版社

编委会名单

主　任：邱华栋

副主任：彭学明　黄国辉

编　委：赵兴红　郑　函

以民族的情意，打造文学的星辰

——"中国少数民族文学之星"丛书总序

邱华栋　彭学明

"铸牢中华民族共同体意识——中国少数民族文学之星"丛书是中国作家协会少数民族文学发展工程的项目之一，于2018年开始实施，由中国作家协会创作联络部具体组织落实。出版这套丛书的初衷，是在少数民族文学创作领域贯彻落实习近平文化思想，不断夯实铸牢中华民族共同体意识的文学责任，培养少数民族文学中青年作家，打造少数民族文学精品，为那些已经在少数民族文学界和全国文学界成绩斐然、广有影响的少数民族中青年作家再助一力，再送一程，从而把少数民族文学最优秀的中青年作家集结在一起，以最整齐的队伍、最有力的步伐、最亮丽的身影，走向文学的新高地，迈向文学的高峰，让少数民族文学的星空星光灿烂，少数民族文学的长河奔流不息。以文学的初心，繁荣民族的事业；以民族的情意，打造文学的星辰。

入选"中国少数民族文学之星"丛书的作家，必须是年龄在50岁以下的、在少数民族文学界和全国文学界广有影响的少数民族作家。不管是否出版过文学书籍，只要其作品经过本人申请申报、各团体会员单位推荐报送、专家评审论证和中国作协书记处审批而入选的，中国作协将在出版前为其召开改稿会，请专家为其作品望闻问切，以修改作品存在的不足，减少作品出版后无法弥补的遗憾。待其作品修改好后，由中国作协统一安排出版，并进行广泛的宣传推广。

中国是一个多民族的大家庭。每一个民族都沐浴着党的民族政策的光辉、感受着党的民族政策的温暖，都在党的民族政策关怀下，蓬勃发展，欣欣向荣。在这个伟大的新时代，我们正创造着中华民族的新辉煌。每一个民族的发展与巨变，每一个民族的气象与品质，都给我们提供了生生不息的创作源泉。我们每一个民族作家，都应该以一种民族自豪感，去拥抱我们的民族；以一种民族责任感，为我们的民族奉献。用崇高的文学理想，去书写民族的幸福与荣光、讴歌民族的伟大与高尚；以文学的民族情怀，去观照民族的人心与人生、传递民族的精神与力量。

我们期待每一位少数民族作家，都能够到火热的生活中去，到广大的人民中去，立心，扎根，有为，为初心千回百转，为文学千锤百炼，写出拿得出、立得住、走得远、留得下的文学精品。不负时代。不负民族。不负使命。

目 录

〜

卷二　　慰藉书

序

雷平阳

上个星期，我一直在临沧市的山中奔波。行至阿佤山，在沧源县的班洪、翁丁、班鸽等地，对着森林、悬崖和迷雾发呆时，我都想到了张伟锋——他出生和成长的永德县，在这些森林、悬崖和迷雾的后面，他是类似森林、悬崖和迷雾的孩子，同时还是森林、悬崖和迷雾之下寨子中的火的孩子、木鼓的孩子、歌声的孩子。他的黑脸、小个子、谜一样的方言，可以对应突然出现在我身边的每一个阿佤人。坐在翁丁寨低声诵读创世史诗《司岗里》的那个白发老人对面，中间隔着柴烟缭绕的火塘，我还是能从老人明亮的瞳孔中看见一个样子与张伟锋无异的诗人，正由内向外走出。他是古老诗歌的孩子。

阅读张伟锋的诗歌已经有一些年头了，在我的观念中，他是一个寂静但又怀抱着火焰的诗人，佤族的歌诗血统决定了他诗歌古老的抒情气质，而他对现代汉语诗歌的虔信又将他的诗歌引向了冥想与宽阔——在语言、思想、审美等诸多领域，他都将自己的身份确定为一个突围者，试图站在阿佤山上看清整个世界的真实面貌，也试图让自己出自阿佤山的吟唱能感动整个世界。出生于加勒比海地区的诗人德里克·沃尔科特在接受记者采访时说过类似的话："在我之前没有什么传统，但我在创造传统。"布罗茨基也认为，因为德里克·沃尔科特的存在，加勒比海的圣卢西亚岛（诗人的故乡）就是世界铺开的地方，而不是所谓的世界文明的外围。张伟锋的写作路径与此比较接近，尽管他的地理属性、诗歌认识及其所接受的教育与德里克·沃尔科特截然不同。当然，最大的差异在于德里克·沃尔科特否认传统的存在而张伟锋尊重并沿袭了传统。阿佤山不仅不是文明之外的飞地，而且在时间的汪洋大海中它有着自己辨识度很高的族群与文脉的双重源头，那神圣、天然、自成体系的佤山文化传统，在董秀英、袁智中、伊蒙红木、聂勒等佤族前辈写作者的文字中犹如闪闪发光的高远星空，令人神往，在张伟锋的众多诗歌中亦能看见其"布满董棕树和天坑的一座座山巅"，涌动在大地之上的力量感，是如此隐秘、壮阔。尤其是当他以突围者的身份出现在文字中间，将佤山文明与汉语乃至世界文明融汇在具体的书写物象之上，古老的事物因此激变，获得了新鲜的生命力，他的诗歌特别是他的语言顿时具有了一种"苏醒"与"震响"的异质。

《空山寂》这部诗集，是张伟锋离开佤山之后，在昆明工作期间写下的新作结集。生活环境的变化带来了写作中的"日常性"变异，也遽然激活了他诗人身份中"返乡"的天然情结及其他突围者身份背景中少见的"自省"与"自觉"，语言愈发净洁，思想力与想象力更为沉雄，阿佤山在诗歌中若隐若现，一如乡愁在夏天的烈日之下漫漶和燃烧。这本诗集的出版，是佤族文学的重大收获，也是云南文学"异质之美"的一种体现。是为序。

2023 年 8 月，昆明

卷一

寂 然 录

在云南

我写下的美丽诗篇，你不必看到
我走过的旅程，你不必知晓。你走你的路
我也走我的。我们像，在横断山脉
被隔开的河流，无法互访
也不被期望。我们流向各自的海洋
最后，在两个海域交汇的地方
彼此登门，互诉衷肠。你不必看到我的任何
你应该明白我的意思

池 鱼

池鱼在水中游走。之上是薄薄的冰
万物皆有轮回，天气在诉说着落雪的寒冷
喂养鱼群的人倒下了，他可能倒在命运之门
当然，他也可能颤抖地再次翻身——
谁是呼吸者，谁就会被死亡中断。梦中的恐惧
比能摸到的更加具有不确定性。我们去喂鱼
继续摔倒者的活计；我们去喂鱼
热爱自己的时候，也敬畏周围的事物
我们多撒一把食料，让它们能在冬天吃饱
就不在春天里挨饿

夜色变深了

跨过江桥，我就从丽江到了迪庆

夜色变深了，这一夜，我将在金沙江的旁边

入眠。夜色中，我喝了点酒

想去听一听江水搏击的声音。但朋友们觉得

这样做，很不妥当。于是，我只好作罢

在不远不近的地方，隐隐约约地

听着水流的声音。这些年来

无论是在上游的金沙江，还是在下游的澜沧江

我曾几次说起，要在夜里

在江边听一听水流的声音。可时至今日

几个年头流逝了，我都没有迈出脚步

——我想安静一会儿，借着宁静的夜色

让高高的天空，尽量压低我莫名的伤感

落 寞

我从低海拔处
走向高原。现在，整个山脉
都在我脚下

我对着天空欢呼。之后发现
天空依旧高远
我的落寞，依旧高于我的头顶

四野无人。沿着空旷的山野
我低着头，行走了很久
突然发现，黑暗从高处落了下来

我像个背井离乡的人
在被岁月侵蚀、攻陷之后，一个人
灰头土脸地回到了故乡

途中记

一

有一年，没有春天
我刚好赶上

我搭着时间的列车
去远方

二

生命，仿佛跳出了身体，真真切切——
仿佛很久很久之后，它带着呼吸回来

三

再熟悉的人，也会陌生
陌生的人，会保持着特有的礼貌和客气
看上去，好像熟悉的温度

四

雨水夹着寒风

我看见，热闹的大街
瞬间被抽空

黑暗中，没有一个人
我走过去，或者静立

我都是孤独者

五

远处的山，有高有低
但它们，都没有进入云层

我看见它们完整的形体

它们是多么善解人意，给了失魂落魄者
没有状貌的信心

六

有时有人挂念
有时没有。突然而简单，直接而具体……

人类的孤寂，跳起来跃动
你应该轻轻地尝试着：触摸它

七

快乐和幸福会持续多久，这像一个非命题
不快乐和不幸福，却是一个活脱脱的现象

八

夜色还是以前的夜色
我遇见的人中，没有一个是以前谋过面的

我碰见过的人，他们都到哪里去了
寂静之下，他们是否和我顶着同样的黑幕

九

原来，没有人不幸

没有人幸运。是心的指向
使一切有了色泽

十

不要和孤独者一般见识
请在暗夜里给他一些酒

不要在旅途中有所眷恋
瞬间的消逝的不会永恒

勐董镇的田野

远方有多远？不知道我的一生
能不能回答完这个问题。在勐董镇的田野
我有些疲倦了

走再远的路程。远方，这个词语
这个相对的距离，依旧不曾改变
我在东方，它在西方，中间隔着一条不宽的河流

白鹭轻轻飞起
又轻轻落下。散落在绿色之中的牛群
始终依偎着主人。的确如此，如果幸福了
谁还会继续摇曳地行走

在勐董镇的田野，群鸟看见陌生的我
但没有受到惊吓，依旧飞在自己的翅膀之间
牛群低头吃草，等待黄昏降临。它们的出现
仿佛是度自身，又仿佛是度身不由我的我

冷记述

他死了。死在年关之前
他带着比疾病更令人恐惧的衰老
走到现在

——现在，他死了
他未能度过的年月，别的人
将替他翻越。他的羊群
将流转给合适的人
作为活着时，可以调配的财产

暮雪纷纷
只有极少部分人，对他的死
表示哀伤，而大部分人
根本无法感同身受

他死了。这是一个冷静的记述
也是一句冰冷的话语。献给众人
也献给我自己

山间小路

这条幽深的山间小路
很少有人走，以至于两边的树枝
快要将它覆盖。我走了过去
相信这里一定能通向你
即便不能，我也毫无怨言

——在人间，失去你的消息后
我就没有期望再得到你的音信

幽深的山间小路，宁静，清凉
如果我们相见，能够说些什么
都已那么多时日没有交流
我们肯定剔除了陌生人的好奇感
回到了熟人的冷漠

——此时此刻，我们可能无话可讲
只是我自己筑造了迷失自身的宫殿

归 去

清凉的风吹着深厚的山谷。酷热
慢慢地缓解下来。夜深了，天空没有星星
也没有过路的神。黑色的颜料，完全地遮蔽了
我们的日常所见。一封两百响左右的鞭炮
零星地，从溪流的对岸传来——

人总有归去之时，鞭炮的声音，向人间宣告
一个久病不起之人，终于安静地辞别
她遇到了最不好的，可能又是永恒的事情
但是，她的消亡，却让活着的另一个人
完整地，陷入没有归途的孤独

梅阁巷

走在破旧的街道，看见鲜活的事物
——我这样走着，也这样活着

在锈迹斑斑的梅阁巷，或者对所见的一切
记忆犹新。或者擦肩之后，永远遗忘

化 念

渴望远行
一个人去山中，化念

借流水的慈悲，滋养万物
借月光的开阔，销蚀坚硬

在山中，建一座庙宇
每日读经悟道

唐朝来的土，宋朝长的树
此世生的人

我听见夜凉如水
看见人的孤寂如蚂蚁

除 非

我不期望活着

也不畏惧死去。这一切，都源于你

你星光四射般出现

又快如流星般消逝。在这之间

你点燃我，燃烧我，熊熊的火势

不可抵挡。我完全沉没、沦陷

我挣扎、抗拒，企图满血复活

但是，这仿佛如命运一般

被注定，被定格，无法更改。我看着落日

金黄的落日和红色的朝阳

之于我，没有任何不同。我不期待

崭新的时刻，我不憧憬

滚滚而来的未来

除非，一切有所改变

除非，你重新出现在我的面前

如甜美的往常

复活者

多年以后，我已不在人世间
假如我的诗集还在，假如你出现了
请你翻开它，往下读
一行一行，一页一页
把我在人间抛洒过的热血和爱，凝结起来
复活它们。如果有可能
请重走我的部分路线
回避我掉落过的陷阱。我的诗行，它们闭合时
仅仅只是一本书，只有遇见你
它们才有生命，才进入运行的轨道

寂然录

一

爬行的野蛇，钻进黑色的洞穴
我在有一些距离的方位，停止了脚步
它所持有的一切
我将不再过问。冬天将至
野蛇即将入眠，它应该不会再次出门
做祸害之事

二

月亮出来了，天上的
其他的微光，被比了下去
从面积角度看，月亮不过是大了一些而已
但是，它并不能独自存在
这让人心生无奈
也让人满心欢喜

三

岁月中走向暮年的人，依旧携带着
让人提不起精神的泄气和抱怨。他总是
讲一些自以为的真理，仿佛洪亮的声音
能压倒一切。仿佛他的热血和高亢
能解救迷惘的一切。这可怜的
卑微的人。已经在固执己见中，坐实了
作茧自缚。我们遇见他，绕开他
不必再与他讨论和争辩。让他在岩石中
继续开挖通向坦途的隧道

四

驱车者驾驶着快速的风
穿过黑夜，穿过醉酒者的身躯
一个人死亡，一个人逃匿
这是两个黑暗的生活
搅拌到了一起。只是浓度比之前
更高了一些。他们将如何作结
也许只有第三条河岸上的人
知道这个秘密

五

真诚的责备和真诚的赞美
一样难能可贵。看见这句话的人
你们慢慢体悟，我也是琢磨了很久
才看出这和我们日常所见的
责备与赞美，完全不一样
如若你们持有不同意见
请告诉我的影子

六

那个昨夜饮酒的人，此刻坐在我的面前
他所吐露的话，依旧散发着酒气
那直上云霄的豪气
真让人受不了。仿佛世界，都是他的
仿佛宇宙都由他安排。既然他有这样的意愿
我们便不发表任何看法。我们这就起身
去安静的河边，看看以无饵之钩垂钓的人

七

一群小鸟，从天上飞过
它们在事实上，把我们甩在了身后

我们缓步走向河的对岸

在名义上，以翻书的方式，覆盖了它们

两个不同的事物，在一个相同的时空

运营着各自的意义，或者产生关联

或者物我不相伤

八

夏天的雨水落在玻璃窗上。屋檐的燕子

飞了出去，又飞回来。一只白色的蛋从巢里落下

有一个生命，将不会诞生，它在未知之时

失去了飞翔的可能。我们应该保持对生命的感恩

以此祭奠，没有现世的消亡之魂

九

落日之下，万山舞动线条

一条大河持续地开山凿石，向南奔走

前方是海洋，身后是大地。我在这之间

看见了磅礴的宿命

十

登上珠峰的人群中，有一个是我的兄弟

我们一起喝过酒，一起谈论过人生，很多问题
我们的见解如出一辙。在这样的过渡关联里
我对身边的朋友说，我这瘦小的身躯
曾抵达喜马拉雅山，信与不信，由他们去完成

十一

在深夜里，写了一封信。后来想起
忘了收信人的地址。再后来又想起
收信人早已不存在——
我听到我的寂静和安然
我把想念的话，全部献给了黑夜
我点燃火苗，把执念幻化成灰尘

渡 口

来回摆渡的船只，送走了多少人
又迎来了多少人。多少人曾欢愉归来
又多少人落寞如秋

岁月更替中，渡口换了摆渡的船
也换了摆渡的人——只有离别
千年以来，如鬼魂附体
捣鼓得人寸断肝肠

行人在古老的岸边乘凉
歪斜之树的年轮，叠加着增长
众人虚幻的宽阔之心，在似现非现的镜像中
细分着无数角落——

困顿之身

夜幕落下来了
落下来的，还有滂沱的雨水

困顿之身，被逼停在风雨桥上
我是我的城主。如果在古代
遭遇的是兵戎围堵

我交出城池，会血肉模糊
我不交出，也会死进历史——

暴力的恐惧，已经登门拜访
我得翻开时间的秘密，从头到尾地
想一想人类的事情

空 闲

他醉倒在地上，打鼾
他痛饮着西风。他的脚踝肿胀
他不曾醒来，我在他的对面
整整独坐了一个下午，我放下忙碌和理想
空闲了少有的片刻时间

我仿佛回到了久违的宁静和美好
肌肉松弛，眼神柔和。我慢腾腾地
爱着渐次出现的所有事物
我默念了三首诗，关于世间的仁慈和博爱
——高矮起伏的众神，我终于在迷离中醒来

冷

我说了一个字——
冷

坐在侧边的男人
便泣不成声
他的女人坐在他的旁边
但她从不给出温度

我起身面向黑夜
和他们一起形成孤立的三个人

时令：小雪

小雪之夜，北方有落雪

南方跟着冷——寒气穿越肌肤

向体内渗透。小雪之夜

冷凉极了。薄薄的被子覆盖着

瘦削的身体。在微茫的尘世

我度过了人生的其中一天

它平凡而又没有独特的厚度

在梦中，我先后遇见了两个人

一个好像没有表情

另一个好像也没有，而我好像亦是如此——

我们多么需要被温暖。流水越过岩石流走了

我从深夜中醒来，天空的黑暗

穿着小雪的披风

忏　悔

向上生长的树

往哪个方向长，长多高

都没有错。它受自然的支配

听命于原始的规律

昨日的院子，和以往不同

有人从树上坠落，绝命于此地

终止于此处。从此开始，他的肉身

或将埋进土壤，慢慢腐烂

或将入烈火，瞬间变成灰烬

从这里开始，万物都有了对错

树若不生长，伐木者就无须攀爬

他死于树的生长；他若不随树进入天空

就不会和地面产生距离，他死于高处

幽 远

路的尽头处，是幽远
也是切近。我热爱奔跑
也绝望于这样

故乡在这儿，也在那儿
他乡之感，时时萦绕

涌宝的石头

去涌宝，去看冬天里的柿子染红深蓝的天空
却无意之间，在路上，先看了涌宝的石头
被匠人切割得光滑，平整。青色的石头
原先藏在深山野林，此刻，现身于光天之下
看得出来：操弄石头的师傅是个高手
经他之手的碑石，既埋葬庸常无为的人
也埋葬不可一世、功名卓著的人

水 漂

一

突然想到两句好诗

突然又忘记了。它们产生于心头
又腐烂于心头的姿态

让人感觉，如此地不可捉摸

二

什么我都不想写下
写下什么都是徒劳

面对洁白的纸张，我生出之前
从未有过的绝望

奔跑的人们，都是打水漂的好手
他们消逝的节点，先后有序

三

时间被琐碎的生活和繁忙的事务挤压
没有间隙，诗仿佛没有生存的空间了

但是，你们一定知道。我将永不屈服
我将永远抗拒。我坐着、站着、走着
都会写诗。我开着车，也会继续拍照

我相信，你们看见了石头般的坚硬者
那个人，就是出没在你们视野之中的
庸常的我

四

我写着我的诗
像一个孩子，在画板上画着她的画
有时候我知道
具体的内容是什么，有时候
却不知道自己在做些什么

五

每天写一句诗。这真美好。不是一首

也不是几首。就一句，一句由几个词组成

言语太多总会泄气。消失的力量
在世间游荡。它们除了虚无缥缈
已无太多用处

每天写一句诗。我说的是
每天只说适量的话。多出来的，无用的
便收回肚腹

六

他把诗写得那么好。他在大街上流浪
我很好奇，他靠什么维持生活

这是最好的时段这确定无疑——
呼与吸之间的食物喂养，也是不可以马虎半点

七

夜深人静，饮茶数杯。读书一本
悲情的石川啄木，写着令人忧伤的句子
他好像不知道要去哪里，又好像知道——
他是个诗人，死于年轻时候

八

读一首诗，看见的是自我
读一首诗，忘记了诗人本身

那是，难能可贵的共鸣
那是，我一直在找寻的词句

告别式

她站在高处
把自己送进天空。她飘了起来
她飞了起来

我用手去摸左边的门缝——
从此，她告别了我们
从此，我们只能在梦中相见

这晃荡的人生，落幕于此——
如幻影，如松风
如竹篮打水

空　白

写一首诗。在精彩处

留下空白，或者跳跃。被迷住的人

会继续往下想。没有兴趣的

会擦身而过。我已经不喜欢争辩

我已经习惯语言缓慢

在不合适的观点碰撞中，抽回自身

独自行路。这像一次

贴近哲学的行为，但其实不是

我是个逍遥的行者

也只愿意这样，永远地下去

阿拉善

阿拉善草原的风吹过她活着时的脸庞
也吹过她死去之后垒起的新坟

茫茫无边的阿拉善草原，容纳着她的一生
也将容纳她永恒的超脱

完美无瑕的阿拉善草原，未曾想到
我第一次用笔尖触摸你，竟和死亡扣在一起

坠落

坠落的松果，在地上停留着

它从树上来，树从百年前来。回溯往昔

它有着久远的血脉

和沧桑的身躯。但现在，它坠落了

像个胸怀梦想的人，折断了羽翼

镜中六章

一

倚身薄暮。在巨大的旷野上
看见自己和自己，相互挣脱，相互排斥

一个自己停留在原地
另一个自己抽身远走。我深刻地预感到

在飘忽不定的人世间。它们将永恒地分居
它们将老死而不相往来

二

黑夜骑着黑马，从阴冷的山谷走过
我抱住一块硬度合适的石头。坐在风中
抚摸它的大小，感知它的质地
念想它到来之前的过去。我要用我的刀尖
在石头的横截面上刻下我的名字——

哦，反着的笔画，就是很多时候
会和你们反着来的我

三

在山中，给自己取一个名字。那些被结构的汉字
就是被重新凝结气韵的自己——

你们知道你们是谁吗？这一生，你们将同我一样
陷入这无边的困境

你们以为已经看见了全部的自己，你们以为
这里没有陌生的面孔。转过弯，那个素不相识的你
正和你握手，拥抱

四

一个人在水边打水漂，飞起的石头，在水面上
跳了三次。之后，落进滚动的河流。它将去向远方
在路上，它将和更多的水滴
肌肤相亲；和更多的沙粒，搞好关系。最后
它将在巧妙的从众中，安静地站到沙子和石头的队伍

五

他像衰老的雄狮
永远地低下了高扬的鬃毛
放弃了耀眼的光斑。躲在黑暗的角落
不发出任何声音

六

那只动物园里的幼猴
若没有人相救
它一生将活在弹丸之地。这多像我
若无人伸出援手，将永远坠落深渊

卷二
慰藉书

朝 向

不知从何时起，会在深夜里失眠
会在失眠时起身走向书房。从那些典籍中
找寻解决困惑和消沉的门道

我所经历的，我所渴望化解的
唐朝人经历过，宋朝人也遭遇过。后来的很多人
也有无数案例。真是一件美妙的事情
前去之人成群结队……

有时候，我能在书中找到同病相怜者。有时候
会看见通向光明的小径。也有时候，劳累半天
依然一无所获，沉重的肉身和疲惫的心灵
会掉入更深的楼层——

我爱这世道，也爱滚滚而来的生活
我确定，我有朝向。我确定，我想消隐
诸多的篇章和细节。我是捧满双手的收获者
也是竹篮打水的窘态者

远 游

有时候，想走就走
去一趟远方，搭一趟列车
我不认识谁，谁也不认识我

普天之下，所有的人
都是有着相同呼吸方式的生物
没有什么是不可接近的
也没有什么是不会消亡的

我坐在落日下的石头上
看群山留下的线条。我不思考人类
和命运。我只关心
破损的胶鞋该在下一个街头更换

我爱这样舒展的生活
我的自由和散漫，喂养着我的灵气
和呼吸。剩余的世界是你们的
全部给你们，我一点也不要

简约术

大雪纷飞，梅花盛开
我在树下等一个人

我要请她为我酿造青梅酒
请她为我斟满杯。请她与我一起喝下
时间的佳酿——

我在等一个人。等她替我消除
胸中的远大理想。甘心在一个小地方
庸常地度过短暂的一生

丽水街

丽水街的门开着，丽水街的人
有我认识的——丽水街的门关了
永远地关了，即便再次打开
里面的人，我也不再认识
他们的命运，我已不再关心
而他们对我的忧愁，也一无所知

列队的是时间，产生空格的也是时间
我此生最挚爱的人，曾经早起晚归在丽水街
我最难以忘却的部分
她最后离开了丽水街。现在的街面空空荡荡
白色的小猫奔跑的时候，无精打采
蹲坐的时候，眯着眼睛像睡着了

在深夜，我转身离开丽水街
身后仿佛有一个人，有体温，有热切
但是，实实在在地，没有人喊出声音
也没有人抓住我。我的丽水街
在时间的刻度里，变成我一个人的丽水街

佤山一梦

我在梦中死去，又在梦中复活
我死时，无人送终。我复活
无人发现。我像个陌生人，重新回到
旧有的生活。我或者一如既往
我或者彻底抛弃

饮酒辞

不愿意交谈，就离那个人远一点
不要去辩驳，争论使人讨厌

不要和不喜欢的人喝酒，喝酒是件快乐的事情
苦闷多么使人压抑

夜晚的虫鸣，令人欢快。飞过树梢的风声
找寻了很久，此刻刚好遇见

在山坡上

在山坡上居住。在山坡上晒太阳
看月亮，数星星。在山坡上
搬动坚硬的石头，往谷底的方向滚

在山坡上，度过漫长而又短暂的一生
抵达不了远方的海洋，就在屋顶上
观看日夜奔流的澜沧江

苁碧湖

一

早晨的蓝天，在天上
也在水里。我仿佛在人间有两个天空

——但实质是同一个世界
——但我依旧是不变的我

二

多年前，在苁碧湖泛舟
集体出行的人
多年后，分散着回到苁碧湖
个体游行——

当年骑的黑骏马不知去向
当年的牵马人怀抱着孙子
当年风中飘荡的柳树，并没有长高——

——晃荡的水光飞来
终止了我在旧时空里的飞行

三

晨起，在茈碧湖畔
喂马，劈柴，谋生——

我过着的生活
别人也在过。我得到的幸福
别人也该得到

——困苦之心
劳顿之神，在一滴水中开悟
它获得了永恒的超脱

四

想起一个人，未曾谋面，偶有交集
又想起两个，曾一起求学，却少有见面

他们在洱源县的人群中
他们平凡如细丝的光芒，分不清是这一缕
还是那一缕

他们行走着
带着分布在他们身上的肌理和气息——
我向他们献出微小的念想

五

芘碧湖水域宽阔
可做游鱼
之上的天空高远
可为飞鸟

——若不愿如此，可在岸边的空地里
捕风，晒阳光，写小诗
发闲愁

六

星辰铺满天迹
它们在高处，以敬畏之心
雕刻湖面。泛舟的游船
回到了温暖的家

天地之间，只剩下微光和寂静

画石头

在石头上作画。画一座院子
有花，有水，有蜻蜓。无边的落日
照着人间的一切——

坚硬的生活，变得柔软
你送给我的石头，有着不为人知的秘密——

光之显与隐

她像一道光，从群峰之中
劈开裂缝，远射下来，照耀我

恍惚之间，又被群峰遮障
永恒地消逝在我栖居的磅礴大地

万物看见所有
万物从不言语，仿佛一切未曾发生

夜 读

夜读一位逝去诗人的遗留诗集
一首接着一首。有长有短，有高亢有低回
有沉稳有激情，有忧伤有欢乐——

它们像一支合唱队。站在云贵高原上
奏着属于地域的音符。它们超越亡魂
抵达我这里，像要讲个故事

深夜，我读着亡者的诗。我们
曾生活在相同的时间段，我们从未相逢
是彻头彻尾的陌生人

我阅读他的词语和句子，我触摸
他的情感和理智。我在拐弯处，停留片刻
以此看清他的背影，并深刻怀念他

答案之书

把送信的事情交给我，我不怕被拒绝
把分发雨具的任务交给我，我来交付给所有人
——如果有人需要，他们可以取去
如果是多余，他们可以不要，或者拿去之后
丢在风中。而这一切，都合乎情理

勐省河的左岸

汛期已经到来，瘦弱的河水
瞬间变得壮实。这里没有桥
没有船，没有可到对岸的路
我只能在夜幕前的黄昏矗立
我只能委身于它的左岸。河流抚摸着
河道里的石头
它们一定受宠若惊。河床上的石头
若不是我造访，大约早被时光遗忘
满面尘土，浑身污垢
我坐在石头中间，捡起最中意的一个
不停地用双手擦拭——
我看清了它的真面目。哦，它也一样
穿越我的肉身
触碰了我的灵魂。我在陌生的地方
不会遇见熟悉的人
也不会走近陌生的人
人群是个多变的场所，在勐省河的左岸
我和一块石头相互依恃
我想带它一起离开

重 活

你去空山，去枷锁
消戾气，碎身体里的岩石

你从空山回，携苍老
带诗歌，纳藏活着的气息

束河帖

一

时光之内，万物都会凋零
这是我的疼痛

黄昏之前，我站在束河
看不见你来时的容颜
也看不见你走时的背影

转瞬之间，我收获了
无边无际的黑暗和冷风。我不言一语
这是我的疼痛

二

去丽水街找一个人。转了两圈
都没有找到

人去楼空了。留下的屋子

布满了蜘蛛的丝线

我爱那些残存的气息
像爱着反复叠加的昼与夜

三

一只小猫，从屋子里蹿了出来
它惊扰到我了
就像我给它造成不安一样

我们都是世间孤苦的生命
它若愿意接近我，我便给它安慰
——恰好我的念想，无处安放

四

那个卖茶的姑娘
她的茶，来自临沧
她的水，来自丽江

那个卖茶的姑娘
她自己，来自哪里呢
她是我从未遇见过的人

她对人间的生活
仿佛已经很熟悉，甚至是
知根知底。我感到卑微
在她的面前

五

纵横的街道，横竖的行走
都能抵达，我想去的地方

但交错的时空，带走了前个季节盛开的花
我不伤感和哀愁。我只是撞见了空无和寂静

六

有个卖洞箫的人
吹了一曲又一曲。我走上去
也想买一支。但胸中的鸽群
却无法从喉咙飞出。只好向他表示歉意

世间确有这样的事情
满腹的忧愁和欢乐，滋养不了一棵树木的成长

草 甸

在香格里拉的草甸上，醒来——
一切恍若隔世，不知身处何地
不知行至何时

过往的一切，已空
未来的一切，如梦。我在旅途中疲倦
在疲倦中，放出困居内心的自我

猫

已经很晚了

我不想看时间
喝完茶
又倒了一杯酒

一个人
静静地坐在厨房里

火堆里的炭屑
散发着温度。在遥远的小山村
电突然停止供应

我坐在黑暗里。寂静中
很久没有回家的小猫，从窗口探出头
坐到我的双脚中间

林口的冬天

落雪了。林口的冬天,梅花红了
我在雪地里行走,也在雪地里接受寒冷

我替你回到了,那个遥远的村子
人们不认识我,就像不认识你

那里已经不是故乡了
人间已经没有故乡了。不要再眷恋某个地方
不要再念念不忘

肉身安顿的地方,让灵魂也安顿下来
我们不要在挣扎中,消耗存有的能量
——我们继续爱所爱着的,即便虚无

徒有意

大雨滂沱，绿了梅子的树叶
催开了梅树的花，挤出了青青的梅子……谁曾在雨夜
喝过梅子酒。谁曾把酒，喝成头痛欲裂
谁曾试图用酒，浇灭胸中的烦闷和苦愁

梦三回

一

如果我不再醒来
那便是真的睡去

请不用再叫唤我
请保持以往安静

二

昨夜梦中见到的死去之人
今早在晨跑时刚好遇见了

他还活着。虽然年老力衰
但他终究移动在我的人间

三

我的梦跋山涉水去看你
你的梦如果也来，它们将相错在路途

如果不来，你的门
我仍旧敲不开

早 市

有鸟的叫声关在笼里
早市上，一个男人坐在地上抽着烟
他的货物，来自乡下

云雾在街道横行
空气中有细雨纷飞。我要去拜访之人的门店
没有打开。告示里隐喻——

或者活在人间，或者摒弃人间
或者另谋出路
或者过两天就回来，继续从事之前的活计

独坐悬岩

奔流的江水，撞击在巨大的岩石上
在上游，这两个天生的反方向，互不相让
溅起浪花千重万重，打出的响声
干脆而坚决。在地势的高拔之处
我曾眺望奔走的大河，在那里
山高，水长，石头大。天空更高，白云更白
攀上顶峰的人影，更加渺小

看见光

夜间行走。在翻越山脉的瞬间
看见光——

看见光。看见黑色围困下的岛屿
看见孤独的影子——但，总算看见了
轻微的喜悦，和卸下了的重

沿着倾斜的坡度
继续向下，去向谷底
让高空离得更高

在人间，人显得更加渺小
我推开窗，看见了自己——
因为看见光

独饮酒

河流奔走，去向远方
在心中存活了很多年的事物
顷刻间化为乌有

人如泥土。今夜，我烂醉不起
使身体陷落在大地
今夜，我抛出喝干的酒瓶
漂在洪峰的水流上，它们
一定能抵达异域

关于我的故事，它们曾见证
关于我的人生，它们曾参与
如果有讲述的必要
所有的物质，可以自动跳跃
所有的成分，可以按需表达

高空在上，我的坠落使它变得更高
大地在下，我的瘫软使它更加厚重

我要再来一瓶烈性的酒
敬千年而来的明月，肃杀日常生活之间
翻动的愁苦和失意
我在人间，终于活成了逍遥快活的游魂

自我的敌手

大雨滂沱。我已经，很久很久

没有和一场雨较量，即便是细雨

我也不敢在天底下穿行，得遮严实一些

躲干脆一些。我原来是一个病人

从头到脚，没有一处

不曾犯过疼痛

醒 来

香格里拉，在早晨的清风中

在洁白的云朵上。我从长途奔波后的睡眠中醒来

天气晴好，窗外的声音

使人宁静。我去向围栏栅起来的园子

有人在那里躬身劳作。她带着一个孩子

孩子如此年幼，以至于处处需要人照看。她热爱着

这神奇秀美的土地

却也渴望着除此之外的，更远的地方。在交谈中

她向时光透露了

额头的皱纹，和向外突围的日渐萎谢的心。我沿着

绿色的园子继续前行

顺便侧身翻过围栏。那一对母子，在晨光中

离我越来越远，我们像相遇之前不曾谋面

在离别之后我们便不会再重逢

万物不言语，他们若有更多的想法，一定会

对大地和天空发表。直到有一天

更多的光亮，照耀他们

或者命运使他们，感到更多的力不从心

佤山之雨

高山之上，力度相同的两场雨。一次完成
生命催生。一次完成，对野草的暗杀。我像个路人
我看见，并见证这一切

乐客咖啡馆

黄昏，饥饿，还有雨水……
我淋了一身的湿气，躲进乐客咖啡馆

有多少人，如我这样，惊慌失措
又有多少人，如我这样，可以在倦怠之时
找到片刻的栖身之所

有个武僧模样的人，从昏暗的角落
朝我走来，他带着酒和酒杯
我没有理由，不饮下他提供的佳酿

他像个坚实的兄弟，在憨厚中
递出了他的热情。在黄昏时
我收割了，我们在人间的相遇

我低头的瞬间，想起了
此刻的准确居所。我饮下烈酒的时候
想起了，太阳原本的样子。这一切发生之时
我在街道拐角处的乐客咖啡馆

欢　愉

我种的水仙花，开了
顶着粉红的花瓣和黄色的花蕊——
开在空阔而又寂寥的客厅

在纵深的秋天里，跋涉
——这是我收到的唯一的好消息
它真让沮丧的人欢愉

滂沱词

一

滂沱的大雨，锤打在左腿残缺之人的身上
她的拐杖湿透了。她的右脚打滑，她的左手
握不住拐杖。她摔倒之后
就再也起不来。滚滚的乌云继续集聚
冷凉的雨水，一次比一次密集——另一个人的路过
挽救了一个悲剧。她被免死于此次灾难
但喜剧之后，藏着的依旧是悲剧。她向黑暗
靠近的步伐，更加快速

二

万象呈现，我选择缄默不语——
有限的认知和认知的有限，常使人陷入
更深的泥塘——但，只要是象，便总有破碎之时
这是历史，经常散发的福利

三

他绝望于一场爱情。他像个敦实的山包
从此放弃理想。只在雨季里
对庄稼的生长负责。而这并不关乎
任何意义。他只是不由自主地，就这么做了

四

满山的杜鹃花开得极其放肆
高处的山坡招风招雨——
在一个夏天的夜晚
没有主人驱赶的羊群依偎在树下过夜
——这样一个预谋
或者是恰巧发生的事件，使它们
有机会目睹了风雨的残酷和无情

五

顶着包头的老妇人，在黄昏中回到了家
破瓦房，破猪圈。到处有雨水渗漏
她在墙角看了一会儿，从屋檐飞泻而下的雨水
浑身瑟瑟发抖。她是一个经历丰富的好手
她马上回过神来，弄了几只碗碟

接在屋子的漏雨处。她仿佛回忆起，在旧有的过去
这样的不幸，只有在偶然的时候
才没有发生

六

一次滂沱大雨，摧毁了父亲的良田
洪水走过之处，绿色的秧苗换成黄色的泥土
抢救过来的区域，秧苗只是被压倒
父亲卷着裤腿，躬身在水田里，扶起秧苗
——那时候，父亲多么年轻，对什么都不计较
而且他的身体还允许抽烟

七

单个人。不是一个人，不是三个人
不是五个人……单个人。在雨中，狼狈不堪
但，这和孤单无关，和宁静无关，和不幸无关
仅仅只是，他的此次行为
刚好碰上下雨的天气，以及没有做足准备的事实

八

碎裂的碗，在南方的星空下

盛放着星光。在口渴的时候
赶路至此的行人
可以用它接半碗干净的雨水。它换了一种
有用的姿态，继续存活在它所在的角落里
这看上去很平凡，但细想起来
却感觉了不起

九

滚滚雨水，滚滚江流。开阔的河道
弯来绕去，千年不变。这样一想，变的只有
前去者，现行者，以及后来者——
伟大的亘古不变的山河，现在包裹着我
我将依附它，并最终
被它遗弃在时间里。我们所有的人都一样
在这个命题上

十

雷雨从天而降。我的画家朋友李顺平
在画一幅《母亲的墓地》。他的哥哥，在上香
他的姐姐，去提水；他坐在墓旁，和母亲说话……

"周围的树，绿得好。"我说

窗外的雨水，在此时，比之前更丰沛。它可能是
想替我们完成，我们没有做好的部分

十一

对面的山，后面的山。会不会在雨水天
落下来，覆盖我的房屋。我在山中建构屋宇时
确实想过几遍。后来转念一想
我之所思所想，均源于邪念——我荡开胸怀
向天空的更开阔处看去
见几只鸟，正自由地盘旋在那里

晚 安

对野草说晚安，它们之下藏着昆虫
便一起对它们说晚安。对河流说晚安
它们里面藏着鱼群
便一起对它们说请停歇片刻

好像没有人对夜晚说晚安
那么，我对它说，顺便对藏在里面的自己
说：晚安，在缓慢中体验旅途
在若无其事中靠向路的尽头

久别重逢

我们的眼神，想抵达对方
却在拼命躲避。多么艰难的久别重逢
仿佛恩赐，降临在我们
我比之前更苍老
你比之前更自如。你是你，我还是你

我的大海扬起巨浪
拍打着我的礁石。你经过修炼
或者原本就有此异能，你淡然自若
拨弄手中的花草。它们就要盛开
绽放的形状和色泽，不会和以前不同

很久以后，我们交谈，我看见阳光
也看见绿叶，还有温暖的风……
而我诉说的，总是垂落的繁花。你不觉得
有何不妥，或许你并不在意
我谈吐的构架和内容。你像你一样
坐在我的对面，你是你

我真不像我，我是你。久别重逢
我握着岁月的灯盏，站在洁白的雪山
接受来自更高的光束。它们一半照见慈悲
一半滋生悲凉。这一切
都源于爱，落脚于爱；这一切，
虽然毫无道理，但是却事实如此

空山迎雨

大雨滂沱，像千万箭矢
在暗夜，齐刷刷地
射向苍茫的大地。落定的尘埃
被冲走，坚硬的土壤被软化

大雨滂沱，这迅速集结的军团
正向旧有的一切，作切割
作剜除——我喜于看见这一切
沉睡的大地，或许正在醒来

落 幕

在奔波中疲倦，在疲倦中奔波

在三日之内，我出席了两次死者的葬礼

向一生与我争辩的两个人

磕了六个响头。即便乐意，或者不中意

他们都已经完成，辞世的仪式和事实

如 旧

我始终保持热切，像一团火，燃烧不停

我始终踽踽独行，像个异人，非我本身

大海涤荡起波涛，我在里面遨游

和鱼群相遇，又与它们分开。像鱼

消逝在合适的几何空间。我依旧保持赤诚

并且永不更改

是时候了

把一本书打开，用最大的力气按压

然后，让两只手迅速撤离。这样一来

承载着思想的两页纸，就可以安静地面对黑夜

面对着我。我年轻的时候

想去的地方很多，随着年月的叠加

我想去的空间，越来越少。有贤明者曾指出

最精致的人生，莫过于减法

最深刻的活法

莫过于肉身自己认识到肉身本身。苍天做证

今夜我原本只想读一本书，不想对世界发表看法

如果事与愿违，那也没有什么。因为，是时候了

绿 光

大雨滂沱，汇聚的山洪
带走了，我的一颗种子。它远走他乡
跨越万里

它长大成树时，会像一颗太阳，在春天里
发出绿色的光。它会指引，与我类似的
未曾谋面的人，找到迷失的方向

水草颂

隐蔽的牵连，在水草上

体现得最美妙。在跳动的湖面

绿色的叶片，走了很远很远

仍有根须勾连。这像极了

冥冥之中的事物的因果

唯有此因系此果

也唯有彼因能致彼果。没有半点的

讨价还价的余地。我在一个无人的山野

看了一个下午的水草

它们深深地抚慰着我的心，就像它们

也是第一次遇见，如我这般认真的观众

梯田记

一

我的小狗，在田边睡觉
我的秧苗，浸泡在柔和的水中。我站在田埂上
抽了一支烟

二

抬头看看天空。高处的太阳
放着金黄的光芒。哦，距离天黑
还有一段距离

哦，我还可以，卷起裤脚
弯腰走进，没有栽完秧苗的水田——

我的逍遥和自由，只有我自己能懂

三

夕阳中的梯田，盗取了天空的颜色
在命运中奔走的人啊，你从不相信轨迹
你从不相信奇迹。请你快看：
天空确实放下身段，长进了大地

四

我在这里耕田，你在这里插秧
我在这里迎着晨光出门
你在这里踩着落日回家。我把肉身寄居在这里
你把灵魂交在这里

我们热爱的生活，在这里
我们眷恋的人生，在这里

五

云雾带来雨水
雨水落在梯田上。细小的秧苗
开始茁壮地成长

——流动的水，奔向遥远的地方

饱满的稻谷，回到干净的粮仓
这是多么悲凉

两个相互爱恋的事物
各自孤零零地，倒在秋天的时光

六

永逝之日，将永不复返
瞬间之美，已盖过永远

我渴望在人间，早起劳作
日暮归家。我爱着我自己
也爱着别人

七

他的斗笠遮挡着阳光，他的铁犁翻动着土块
也翻动着水花。她在夕阳中，背着竹篮
慢慢地回家。他们以细微的呼吸，活在人间

八

这一刻，真的很安静。我站在水田里

静静地看你。这一刻，真的很惬意
我期盼风吹动你的头发
风就轻轻地吹起。啊，在短暂的生命里
没有人能给出一个我拒绝爱你的理由

九

我不想在霞光里老去。霞光会照着我的身躯
也会照着千年不变的梯田。那样，我会莫名地悲壮

十

秧苗青青，时光乱飞

种下的秧苗，你要记得在秋天里
回来收割。它们最像人
容易在大风里，扬起孤独的浪潮

十一

抵达元阳的时刻，太阳正在和山脉道别
月亮早早地挂在天际。两颗滚圆的星球之下
站着满身疲惫的我

我收获了世间所有的美景，所有的景色
都暗淡下去了，除了此情此景。我一个人
默默地对自己说

十二

祈愿在元阳画地为牢。用大大小小的田块
圈住一个可以相爱的人。爱情，是最没把握的事情
但我愿意，一边爱着一个人
一边种田。在微小的生命里，我愿意为之
消磨一切的锋利。不要试图读懂我
不要做徒劳的事情

十三

这肥硕的田野。在一年的四季里
都焕发着生机。这宽阔无边的田野
不知道养育了多少儿女

黄昏的时候，我看见有人坐在田埂上
吹奏低沉的洞箫。苍凉的音调
也不能说清楚，他到底浪迹了多少天涯

十四

命运的磨难，多到让人难以想象
透过云层抵达梯田的太阳光，对正在生长的秧苗而言
是不是一种难能可贵的恩赐

我不害怕悲愁和创伤，我不躲避
万中无一的幸福。我在苍茫的尘世，悉数收取
所有的清单

十五

我不应该谈论爱情，或者不应该定义
我所说的爱，已经远远超越个体的爱恋本身

你孤注一掷地向我走来。我原谅了世界
原先的黑暗和狭隘。我虚怀若谷，波澜不惊

十六

元阳的水田，一片连着一片
它们要表达什么意思。我的三分之一我
和三分之一我，以及三分之一我，再加上
剩下的我，构成了一个完整的我

我看天空的时候，纯粹只是看天空
我若有所思的时候，其实我远离了思考
元阳的梯田，横亘在天地之间
像极了我在人间的存在和漫无目的的行走

十七

把这一块田里的水围起来
让这里的稻谷长得更茂盛。把多余的水
放出去，让别的田
也受到滋润和爱护，让所有的青苗
向着衰老的方向挺进

在元阳梯田的意象里，我有取之不尽的
满足，也有用之不尽的
哀愁。请原谅我非黑即白般的矛盾
请不要用逻辑关系推导出我真实的想法

十八

你没入村庄之后
再出现在田野里。你的优美
便和青青的秧苗，相称

这是多么地幸运

一个人，经历了世间的失落和悲苦之后
依旧纯真如初，依旧可以
让行云与流水托付终身

十九

你在元阳梯田边，静静地看水
看落日，看枝条繁盛的树木，看耕作的农人

我在我的世界里，静静地看你
看风在你的身上拐弯，看霞光吞没你的背影

我爱你时你不爱我，我爱你时你爱我
我把你轻轻地捧在手上，这不关乎你，这又关乎你

二十

世间之事，皆为转瞬之逝。你面对万物的瞬间
看不见，我从你的背后走来。不要追问缘与劫
不要害怕苦与痛

落霞飞走前，在地上的水域里
投下色彩纷繁的光芒。我看见，斑驳的梯田
像个没有边际的巨人

卷三
孤影集

孤 岛

天空在上面，汪洋的海水
扬起洁白而有力度的浪花。这里曾经有人烟
一直等待着救赎。而现在
这里空空荡荡，只有深色的礁石
把身体交给海洋。我在一次远途跋涉中
意外地抵达此地。孤岛上有人烟的余温
有热切的渴望，也有无从收集的失落

我坐在礁石上，我想象着，有阳光时
大海的颜色。我想象着，一个人被困此地时
很多人此生无法理解的心情。有人在附近的船上呼唤
示意我，我所处的，是危险的境地
我需要尽快离开。而这种叛逆的上岸
是多么切合我的心意，我愿这样固执和坚决
在有限的余生

疼痛感

从哪里来，又要去向哪里
这毫无根据的求索，终于使我疲倦
在孤绝的路上，走得太久
在宽敞的路上，突然看不见远处

这清瘦的肉身
零件毁损，叮当作响。疼痛感由来已久
谁来结束它。一定有一个人
或者一种事物。我摸到了石头的心
我闯入了美妙的花园

我们去消逝它。飞升的，波浪式的
穿透身膀和骨髓的疼痛感。我从来不知道它是什么
却又能明确感知它的形状。我提着锋利的刀
出现在黑暗的路口，我确定
这是我今生最扬眉吐气的时刻

空寂词

一

再过几天，一年之中夜晚最长的一天
即将登场。我应该去修理一下草坪
也应该把水，引至花园的每个角落
我这样紧绷着神经
难道仅仅只为等待黑夜？

水落的地方，草会变绿。不开了很久的花
会慢慢盛开——

二

我梦想着写诗，但成为诗人
不是我最终追逐的目的。宇宙宏阔
尘埃微茫。我只想在令人无所适从的尘世
找到一个安放魂灵的方式

为这，我历经了零星的幸福时光

以及大把的忧愁、哀伤和焦虑。我活着
带着我的空寂
以及虚弱的、即将消失的永恒

三

厌倦了许多的人
也厌倦了许多的事情。厌倦了……

却依然保持着赤诚
热爱该热爱的，纵身该纵身的

这是理智和非理智的纠葛
这是理智思考之后的寂静退场——

四

我本可以静下心来的
我修心，打坐，参禅——

我这样说，是因为
光辉岁月已成往事。我的墙体
出现了巨大的裂缝

我的摇摇欲坠，面对着
巨大的空寂。我以凡人的恐惧
躲避它——又以拎锤的决绝
准备击碎它

五

那个晃荡在湖边的人是谁
他怎么总是孤身一人。时而像一棵枯木一样站立
时而像落叶一样随风移动

他是谁。好几次，我都想走上去和他碰面
好几次，他都消失在了白色的雾气中——
我们近在咫尺，却始终没有相遇

六

我在里面，也在外面——

俯瞰众生。他的秘密，一定泄露给了路人
或者是岩石、草丛和树木
再或者是天空、白云和太阳——

美好的事物，总是消逝得很快

而且一去永不返

我既在里面，也在外面——

我摸得懂人类的空无和孤独
我看得见他们的伪装和脆弱

七

孤寂不请自来
这是我见过的，最不礼貌的客人

它出现时，只要能坐在房屋的角落
就会很满足。而现在，它迷醉于扩大疆域

它要统治整个心灵的面积

八

我怀念旅行的日子
即便它毫无意义。我没有时间
我忙着应付孤独这件事

九

让他神魂颠倒的事，慢慢地消逝了
他顶着衰老，垂头坐在大风中。大街上
除了他，没有一个人

十

年岁堆加。我们渴望爱和自由
渴望梦想和远方。我很少看见
没有受过遍体鳞伤的人。但那又怎样
有人选择孤冷决绝
有人选择麻木不仁。我依然如初
爱着那些剩下的，可以热爱的部分——

这样看来，我真是有点孩子气
像个长不大的孩子——愿我永远沐浴其中

裂 变

在山坡下，在小河的旁边

在柳树的左侧。我抬起头来

看蓝天。有更多的树，长在更高的山顶

有鸟群不知疲倦地飞翔，还有稀疏的云朵

不知从何方飘来，要去向何方——

这不是一个美好的下午。我还看见

枯黄的草坡上，有一条陡峭的山路。另一个我

正在埋头前行。我呼唤，我叫喊

我急切地渴望招回那个人影。而世间最坚硬的决绝

仿佛就在此刻，我的抗议反而加剧了裂变

虚幻词

心若菩提，我如你。我们原先分开在茫茫尘世

各自的路，各自走。后来，是翻滚的江河，使我们驶向彼此

……两条线拧成一根绳，两个人变成一条命。然而，虚幻——

既成的，化为乌有，采摘的果实，腐烂在秋天

心若慈悲，万物皆苦

我从你的墙壁剥落，你从我的灵魂撕开

春日信札

一

我是你的流星

绚丽在茫茫黑夜
消逝在茫茫黑夜

二

横空出现者，消失了
就像盛开的海棠。一时绽放
一夜凋零，次日垂落

三

写出的信，写给谁
寄出的信，寄给谁

谁，是我。坐在该说晚安的风中

或是早安的晨光

四

写一封信给自己，从此地寄出
到达彼地时，自己亲自收取
并阅读。假装自己从一个人
变成了另外一个人。这将是
多么好的两个人
仅仅只是想一想，就让人感到无比兴奋

五

有一次，我读到了一个亡者
在生前留下的言语。他有一份爱
活在他年轻的时候。后来断了
那个并不美貌，也不贤淑
但他依旧爱的姑娘。经过邮差
寄来了一封信——

他在黄昏中打开。信里被烧成粉末的纸张
沿着流动的河水飞扬
心的欢喜在心的失落中，彻底成空
更彻底的是，随着年岁叠加

那个姑娘的肉身和灵魂，也早已遁入虚空

六

我读了三遍，三遍都忘了
又读了三遍，还是忘了。被孤寂的灵魂
有时，会呈现出不知悔改的
靠近。过来人，都懂。不懂的
便是真的不懂，不要责备他们

七

有时是呼吸困难，有时是心情压抑
有时是不快乐。有时就是只能自言自语

无人知晓的我，是否会被我知晓
这像个谜，有趣而又一时不知该如何解答

八

他对我说，他年轻的时候……

他年轻的时候，我赶上了一些时光
虽然我那时年幼

但是也记得，他不至于风光无限

他整日为生计发愁
为钱粮焦心，困于家庭琐事
他以写信的口吻，诉说我知道和不知道的
他的过去。仿佛这样，他的人生
才有原本该有的生动和灵气

九

写信是个谜

起初激动和兴奋，后来是疲倦和厌烦
人的有趣和无趣会突然出现
也会突然消失——

你以为握在手里的
可能在一秒钟之内会消失殆尽

这和努力不努力没有半点关联
这点关于人性的纸窗，隔着十丈
你就必须知晓

十

夜深了，我要睡了
这么晚，都不睡的人。不可能是个好孩子
至少身体会出毛病

神经衰弱能引起很多不适
或者说，是疾病。等下次遇见神经科医生
我一并抄录之后，再详细地告知你们

过渡口

过渡口，击桨而歌
又停摆而泣。过渡口，一摇一曳
频频回头。身后无人
亦无影——空阔的黄昏，蚕食着倾斜的山脉
万家灯火渐次亮起

离乡人在冷凉中去意已决——
他点燃的船只
放出的火光和烟雾，惊动了一些人
也有一些人，心有预见，不为所动
在人类史的切片中，他顶着单薄和飘摇

隐藏的刀锋

大海使我忘记疲惫
黑夜让回到孤独中间。我比之前的我
更加坚毅和勇敢——

只有澜沧江的水，才知道
我的忧愁，依旧胜过从前——

我在昨夜的梦中，突然想起
有一句诗，写得让人颤抖——

"我是我从未遇见过的人。"
这真是一把好剑，隐藏着响亮的刀锋

垂落词

一

坠落的人生
和逝去的，永不回头的流水
——谁更疼

二

知道前面是死胡同
却还拼命往前走。局中人的行为
总是引人发笑，局外人
仿佛是永恒的圣明——
但谁知道
他们又处在另外的，什么迷局之中

三

使心计的女人，葬送在计策发出的路上
执着的女人，绞痛在黑色的深夜里

误入迷途的男人，我不诅咒他
但莫名地相信，他没有了回头的可能

四

年轻的瘦弱的妹妹
奄奄一息。她静静地躺在
南汀河的下游之畔。我数了数夜晚的星星

这样的夜晚，没有什么
能够抚慰她
那就让她足够地伤感。如果爱会用尽
那么疼也一定是这样——

五

灵魂是普鲁沙
是内部知晓的自我。除此之外
宇宙一切都是原质的显现——

——是知晓的部分围困了人心
还是不知晓的部分，迷惘了未来
关于《瑜伽经》，我的认知停留于此

六

细碎的冷风，是穿过胸膛的银针
她疼痛着。却又执着地、不明智地向往着

什么是虚无，这便是
什么是空寂，这便是。我的妹妹
她如此年轻，如此混沌地信奉着爱

七

在喧哗处，告诉自己热闹
在寂静处，告诉自己饱满——

在转身处，泪水滂沱。这跌宕的人生
这起伏的命运，刀子般地切进肉身和灵魂——

空 像

石缝里经过了一个人影
缓过神去看时，已经不见痕迹

空像。只有经历者知道他经历过什么
外人无从知晓

他留下了一个声音，在空荡的山间
飞舞。它消失的速度，快如闪电

他在人间成了谜，他的消失
如同他的消亡。时光不会为他提供论证

空像——由己推人，由我及他
前行者用生命，镌刻出了美妙的曲线
只是在绘制图纸时，突然中断呼吸

空像——别人无法继承他人的经验和习得
只能从头再来。反复的活计
只能在叠加中，获得蠕动式增长

静虚词

一

能肯定的事物，越来越少
能否定的事物，并没有增多

在暗夜里，我走在宁静的湖畔
时间不可逆转，过往皆成定局

二

暗夜里，有疲惫的形体
奔走在路上，也有憔悴的灵魂
静静地坐着——

像太阳之下的花朵，枯萎，垂落
消散在风中

三

牧羊人把他的羊群丢了

他被一阵风迷住了。风吹动树叶的样子
以及树叶发出的微妙之音，是那样令人着迷

他知道，他的羊群会丢失
但是，他毫不担心，也毫不害怕——

他像飞蛾那样，奋不顾身
跃进深渊——

四

参透了万象，读懂了万种密码
却依然选择最初的本真。在世相中
我折断过翅膀，毁损过气血——

却依然像个孩子
持有这人世间高贵的爱和善

五

镜中之人，就是我。满面的风霜
内心的热切；满脸的微笑
魂灵的倦怠……都是我，我迷恋多元的色彩
也否定，自己旁逸斜出的部分

六

一个喜欢挥舞刀剑的人，迟早会受伤
一个自我剜除的人，即便抵达了骨髓
也会忍着疼。在茫茫的人世间
我是自我热爱的个体，也是自我决绝的影子

七

谁是我的影子
我又是谁的影子。在茫茫人海
有人将我误认为别人
我也将别人错认过——

不知者，不怪罪。知晓者
包容他们怀旧的记忆——若有伤害
或者友善，都静默以对

不讲出故事发生的原初

八

天空蔚蓝，大海遥远
我一个人在午后的青树下坐了很久

茂密的枝叶，遮天蔽日。一阵远风袭来
有金黄的叶子，慢慢地飘落下来

我在静享一场孤独的宴席
也在等待一场更大的孤独的宴席

九

汹涌之象，总会过去
发端于高山之上的每一条河流
都有中游和下游

它若激情澎湃，我们要激烈地热爱
它若平复下来，我们也要敞开胸怀
并躬身向它学习——

我愿在世间习得永恒的安宁——

冷雨经

落了千年的雨水，依然落不尽
历史的尘埃，覆盖了
沧桑的过往。一切都在消逝
冷凉的雨水，也是如此

雨水穿越时空而来
我逆流而上。我们相遇在天色灰暗的早晨
它围观了我肉身，触摸了我的体温
之后，隐遁到苍穹笼罩的大地

我们像两个关联的事物，切近彼此的生命
又像毫无关联的路人。相遇之后
便不能，再次无差别地重逢——此刻
我静坐在滑倒的地上，等待搀扶

薄如蝉翼的内观

一

宇宙里的星光璀璨，宇宙里的黑暗横行
一个不知年月的少年。在星光下，出没
带着所谓的，恒久的理想

二

为什么活着，我经常质问自己
为什么死去，我对此无能为力

三

我在月夜，披着大衣出门
我不打算，在这样的夜里，睡眠

四

即便，为此付出生的安宁

死的寂静，我依旧愿意如此选择

闪烁的星辰，对此表示：无法理解

五

人在风中奔跑，就像水在悬崖上流淌
一泻千里。蓄积的力量，仿佛能穿越世俗

世俗，很多时候，是我见过的
最丑的东西。它张牙舞爪，像邪恶的魔鬼

六

梦是我一生最轻的行囊
也是最重的负担，它压着我的胸口
我的呼吸，难以自如

七

晃动的世界，有固执的定力
摇曳如我，也有光芒的前方

八

大海葬送自己的肉身
在雪白的浪花上。我在人间
确实走得太远了。我想转身
背对世界的某些部分

九

划过夜空的流星，如同奔跑的水花
当我注意到它们的时候
它们已经不存在于我的眼前

葬鸟术

绿色的鹦鹉，死于春天
埋葬它，不是面对它的尸首
而是，等待无数夜晚的降临以及反复的叠加

会说话的鸟，像贴心的人
无论打不打开秘密的匣子，它都知道
它的主人，在人间活成了什么样
它在着，不离不弃，像月亮投下的影子

时间翻开页码。从初始的闯入
到情愫的萌生，再到生命的植入
最后到撕裂的诀别。往事已成过去
而且会越走越远，当下的阴阳相隔
正被蒙上灰尘

葬鸟术。用一颗心缅怀另一颗心
用一种延续悼念另一种的被迫终止。从今而后
迷乱心志者，请绕道而行；从今而后
孤独者只愿回到孤独的样子

空山寂

一

空山寂寂，何以养心
空山寂寂，何以存神

二

神的预示，潜藏在流动的血液
奔走容易迷茫，寂静使人不安

三

眼神已经洞察世间百态

空山寂寂，无畏的心脏
催动着身体继续向前——

若有深渊，纵身不复
若有安然，万世光泽——

四

无人问候的时光
头顶的明月，躲进了厚厚的云层

相拥在刺骨风中的疲惫之人
他们，只是互不认识的路人

五

太阳初升，心似莲花
向着小路的尽头走去
我看见，一个走动的人影
在那里——

六

寂寥如星河，虚空如宇宙
碎石成沙，挢舌不辩——

七

活在当下，行走在当下
当下，是不是一切，一切是否都有归因

八

万念皆尘，劈开自身。空山寂寂
命中之劫，多有定数——

九

命运如恩典——

史中观人，人如尘埃
行走自然，人如蝼蚁

宽阔与渺小，宏伟与细节
厚重与薄轻——这永恒的、剧烈的对比度
在命运中，获得久远的垂范——

过往如烟云
之于，未来如云烟。命运如恩典——

十

空山寂寂，鸟语山林
泉水跃过石头之上的青苔。在缓急有度中

远走他乡⋯⋯

空山寂寂。有人扶门夜出，在空旷处
抚了一曲音调稀疏的古琴

眼 疾

他患了眼疾，病情一天比一天加重
流泪，刺疼，不能接触光
——医生已经给不出治疗方案

有一天，他会完全看不见的
无论是他热爱的人，还是他不舍的花园
他都将看不见

他在微弱的光中，忧伤，失落。脆弱的年代
他的爱人起了去远方的心。他的花草
或凋零在冬季的时光，或死于照看不周

他颤抖的身子，像个年幼的孩子
一切不能自理，一切需要关爱。他的冰冷
源于一次猝不及防的眼疾，当然
或许也并不如此

孤寂词

一

每一次出行，写一份遗嘱
是有必要的。这不是诅咒
是坦然——

一切来临的，都接受
好与不好，都容纳。实在没办法
就交给时间

其实，都是渺小的东西
少有宏大的场面，以及永恒不变的部分

二

爱是会用尽的，但抵达的不是恨
是奔跑的狮子，耗尽了生命的能量
对之前追求的美好
再也无动于衷——

三

独来独去，无影无踪
在山中打坐，在宁静处遇见佛光

我与万物栖身在大地
我与万物一样低微，也与万物一样高贵

我们一起活在孤寂的人世间

呼吸的亡人

用活着的一生

证明自己的死亡。这是一种怎样的悲凉

嗨，呼吸的亡人，你好。既然遇见

我们就握手交谈，相互拥抱

你好像启迪了我什么——

你好像暗示了我什么——精准的语词

指向具体的我：我活着，但我死了

这无声的寂静和孤冷，使人陷入永恒的虚无

我逆流涉水，两岸的人们

以为我会闯入漩涡。事实上，我在黑暗里挣扎多年

他们说的只是小坎坷、小麻烦，真算不了什么

请在我开门的时候

等候我。请在我关灯的时候

护佑我。我不宜出远门，远和近

如出一辙。呼吸的亡人，感谢我加入你的行列

而你不拒我于千里之外

无心集

一

在人海里，找一个人
也找自己。活了这么多年
从来没有如此，惊慌失措

二

肉身疲惫，灵魂下沉……
如何治愈

绝望，不是没有想过。但是
希望，也一直存在着

不能像个不正常的人
在不合适的时刻，说出正确的话语

三

我住在山水之间。我的瓦房
替我挡住了风和雨。你们想来看我
就来吧。但是，请适应我的侃侃而谈
或者静默不语

我怎么做，我都觉得，是对的。在云雾之间
我会牵挂一些事物
也会对一些事物，视而不见

四

我的孤冷，你们学不会。我的虔诚
你们也学不会。你们学不会的
还有我的热切和消沉。我们若有交往
请不要触犯这些法则。我对它们
都视为珍品，只希望自己独自拥有

五

我阅读《道德经》
也阅读《南华经》。我不读的书，很多
但是，这两本，一直在读

此外，我还读陶渊明，读苏东坡……
我就是这样，近乎偏执地喜欢，带着亡魂
消遣我活着的时日

六

我饮酒，但不让自己醉酒
那样肉身太痛苦

我饮酒，但不留有剩余的空间
那样灵魂太束缚

今夜，我饮酒
对着浩浩荡荡的澜沧江

我的裤管有一只高，有一只低
我喊出的声音，和流淌的江水持平

七

我在地铁站，读了两页书
一个逝去之人，所写的诗句
温暖着，一个冰凉的活着的人

我在没有人看见的时候
流下了两行热泪。我爱你，我的朋友
即便我们，再也无法促膝交谈

八

多年后，我将在海边
对着跳跃的鱼群说："不后悔。"

温度或者毫无温度，都一样让我激动不已
我数星星的时候，想着我的南方
那里有漂亮的山峦，有温顺的河流

我不想说话的时候，朋友们遇见我
我会转过弯，假装什么也看不见。我若孤寂
他们会披星戴月地来，和我一起饮酒，看月亮

九

我的朋友张雷，故去了
我的孩儿有多大，他就消亡了几年
他们之间的关系是，一个终止生命
一个来到人间

我的朋友张雷，他披着厚厚的棉被
写下了许多密密麻麻的汉字
我触摸它们，我热爱它们。如果没有人
再去翻阅它们——

我将把它们私自收为己有
我这样做
会不会太过自私，对于人类

十

美有无尽的伤感，但更为伤感的是
当我有所觉察时，我已什么也抓不住——

我站在河边，看白花花的水
往山谷深处流。粉身碎骨的壮烈
被我撞了个满怀。唉，不说了

这世上，很少有人能感同身受。我不对你们保持悲观
我也不对你们保持笑容

十一

相爱的人，适合忘记宏大的叙事

要纠缠在琐碎的细节里，才能滋养出足够的耐心
把对方的好脾气
宠成坏脾气。经常吵架，而又不伤害彼此

逝去的事物

月光下的井水，如果取得太快
会取尽，会露出洁白的肚皮。盛装在心里的爱
同样如此，每使用一次，就会减少和耗损
我发誓，我只对别人说过一次
这个危险的秘密

在这个过程中，我们安静一会儿
我们仔细想想，除了爱之外，我们还有没有
需要完成的。如果有，分一点时间过去
是理所当然。但好像，没有。我一生，为爱而活
为爱而亡

临死之前，我要召回我的错误抉择
我还要把那些即便逻辑形式认定的、有价值的部分
也翻出。作一番涂改。我要一切都向着你
你就是一切。这样，我就一生无憾
不要怀疑我的决定

我来到人间，从头到尾，彻彻底底

只有一次属于我。你统治着我的心和神

我忠实地服从于你。我在悲伤时，会哭泣

我在快乐时，会流泪

我在无数个日夜里，从事为你开门和守门的活计

诀别术

一

昨日和今日
有本质的不同。你不在了

我和自己，在一起
讨论和思索的问题，如此一致

我和你，成为彻底的两个人
我和我，终于灵肉合一

二

缘起性空——

一个人要习惯于突然的有
也要能接受突然的无

万物可能出现

万物必然消失

我们的，最大的议题
在于起与终之间的形态变化处理

备忘录

远行人永远不会再归来
驻守者永远不用再点灯

时光之刃

转身即永恒，分别是永别
他走时，扬起黑色的风。我们向他消失的方向
望去。看不见影子，也摸不到温度

空荡的世界，只留着我们这些活着的个体
我们急忙回头摸一摸，看一看奔走中的肉身
——我们对时光，低下桀骜不驯的头颅

孤影集

一

像空荡的山体
等待着倾倒、坍塌

二

你应该尽量装扮得，像他的女人一样
才能对人类，作出有限的贡献

三

我们相遇，像多年不见的老朋友
感觉自在，又说不出任何话来

事实上，我们本来就相互惦念了很多年

四

早晨起来看星星。它们只有孤零零的几颗
散落在巨大的黑幕里。它们将去向何方
我不作过问，我有自知之明

五

取瓢打水，深夜读诗——
突然停电。现代文明一下就作出让步
我仿佛回到了
那个异己散落天涯
需要穷尽一生找寻的年代

六

原路返回，把来时的脚印全部收齐
交给火焰——我是天生的实沉
亦有窥透世事的能力。我不曾在
人间留有伤口

七

借酒，借烟，借独自一人

干了一件孤独者，应该实践的事

夜真漫长，江水为什么到现在
还没有流断——只能再借

八

一个人在旷野里追风
一个人在黄昏时拄着拐杖回家

一个人，是人生的常态
请不要，畏惧孤寂和冷清

九

回到熟悉的旧地，才发现
再也没有别的地方
比这里陌生。即便是我的影子
也仿佛不是我的。万物游离于我

我无依无靠——但，我还是我

十

我现在站在溪流之侧
二十年前，我曾这样做过

那时的流水，流走了
之后，不知道它们，是否原路返回
寻找过我——

但，我们再也没有相见过

十一

这里的太阳，落山了
那里的太阳，光线和热量正好
它们，正照耀着
除了我以外的人类。他们
幸福地活在人间。作为局外人
我献出了仅有的祝福

十二

山的线条，在黄昏时特别清晰
在早晨时，也同样如此。我都去过——

人群少去的地方，我经常去
人群常去的地方，我现身次数便少一些

快速移动的形体，带起风和声音
凝结冷。有什么，就向你们说什么

不多说，也不隐藏。在苍茫的人世
这算不算，是一种美德

十三

夜里读诗，读到了饥饿
读小说，读到了命运的不可抗拒。读哲学
读到了人生的虚无。但生命是有意义的
谁否定这点，谁就是不幸——

活着，需要情怀，也需要信仰

十四

他外出，他死在路上
他没有被人发现。直到躯体僵硬
直到夜幕降临之后

黎明撕开新的一天。他死了，在冷冬

十五

那个黄昏中，逆光行走的人
以前我认识他，但现在不认识了
只能辨别出那副皮囊
依旧属于他——

他仿佛还像以前那样
保持着热血澎湃
和似火激情。向永不坠落的梦想
孤身航行

十六

周身的日常，即自身表象的日常

仿佛别人怎么活，他就怎么过
一切有渠有道，有迹可循——
他陷入的孤独也是，可以通过牵引
轻易地推开、埋葬

最大的迷惑，源于表象的遮障

他温习、揣摩多年。突然脑开、顿悟

十七

楼道里，钢丝网上的衣服
参差错落。金色的太阳落在上面
落在它们上面——

这也是太阳在人间，被接纳的
一种似乎与众不同，但又真真实实的
平凡的一种方式

十八

他在山巅的石头上
落日收走光芒，黄昏收走余晖

他一个人，看上去就知道
是孤独应该有的样子。其实他也不愿意如此
只是周边没有找到同类

十九

他读诗的样子，像是进入了一个新的时空

里面有人，有事物，有一切外面世界有的一切

他好像渴望在里面过活，清净
不知道他是不是这样想，不过有时也看见他震颤

二十

空对暮光之城
空想未来之事。命中的际遇
悉数登场，又纷纷离去

不变的，是我站在山顶
迎接和送别风的姿势。我若消亡
也毫不畏惧，何况其余

二十一

是否因为畏惧，就可以逃离生老病死
是否因为挚爱，就可以永恒

如果理智还没有出现，那不是为什么
仅仅是感性在炼狱的层面待得太短

我们最好听之任之，它们会以神性般的预示

安排和引领命运

二十二

未必清晰的，界定视域里的所有事物
每一个物件，都有内涵和外延
两者同时收缩，或者同时满溢。都合乎
不确定性的道理

请为孤独留一块空地，不要试图
以数字的方式规定它，解读它。它是不存在的
在这种意义上。但它又真真实实地
巨大地存在着，在另外的层面里

二十三

我本打算涉水而过

后来因为一些事情，耽搁了下来
再后来，我的热血受到冷却
我的躯体遭遇到萎凋

我本打算做的那件事情
后来，我很努力，却依旧没有忘记

它像一道咒语，萦绕在我的头顶

二十四

一个影子飘荡在夜的风中
弯弯扭扭的。我未曾有过行刺之举
以至于经验短缺——我多么渴望
立刻知道，如何谋杀一颗
长在自己身上的他人之心

二十五

我看过之后
打苞的百合花，次第开放
它们摒弃了孤独

只有我，携带着孤独本身

二十六

天空的启明星，散着银色的光芒
它亮在遥远的深邃里
无论周身是否有同类。我点燃了
久不抽动的香烟，一个人

向澜沧江走去。那些奔腾的水流
最终要去到的地方是太平洋

二十七

个体的人，在人类的历史长河里
就像抽一支烟一样短暂。有人提出反驳——

阿罗频多说，个体性只不过是
神经质的心意之幻觉——多么稀薄的瞬间
被我们撞见

二十八

一条路，向远方延伸
一条路，消失在山野的尽头
我走在上面。我能抵达何处

请不要感觉我冷
请不要看我形单影只。我只是
在路上走着，没有停下来的意思

二十九

我是我，我不是我

我谓之为我。我在实相之中

处于非相。我在非相之中

困顿迷茫——我拒绝回头，也拒绝妥协

我坐拥着非相的巨大的漩涡

三十

落下的水花，溅起细碎的水花

它们分裂的瞬间

我透过斑驳的树影，看见了一只

从未见过的鸟儿。它的歌声婉转

翅膀迅捷，不一会儿就抛下了

这片空阔的树林。我要感谢一块岩石

是它让我在心灰意冷时

安静地落座

三十一

有时牧羊，有时看风

有时流放自己。即便阴云、暴雨、寒冷、颤抖

都不收回肉身——

请和我一起默哀，或者自我救赎

三十二

这里不应该只有欢呼词
还应该有安魂曲。如果你们看不见
那么事情只关乎我一个人
你们将来醒悟，也不必自我谴责
一切都是定数

三十三

一念起于感性之因
一念落在理智之侧。但这并不平衡
如若我明白了世间的许多道理
并且选择确定键。如若我仍旧孤独
那么孤独已经不具备它原来的属性
它只是形式的符号

三十四

深入骨髓，发自肺腑
如果可能，切勿颤抖

三十五

我已挣脱泥塘，或者说即将挣脱
我对过去，没有遗憾，也没有眷恋

我只是离开。我对未来，也没有
更多的期待。当来则来，当去则去
来去自如，这是多么地不简单

三十六

别无所想，只想落日和黄昏
无利可图，只图体积巨大的孤寂

山体和山体之间
横亘着树木和岩石，还有
河流和断裂的桥梁

三十七

旧年过去
新年到来。没有比这更整齐的步伐
所有的活着的人
比之前，更靠近死亡一步

三十八

没有什么是孤寂
只有孤寂本身是。心之所起的念想
是心念。念之所归处
是虚无。漫漫长夜，即便没有陪伴者
我也要多喝几杯

三十九

听琴去魔心
弄箫徒伤感。写诗添忧愁
但这些事，都很适合一个人去完成

四十

像熟透的坠落的柿子
等待人来拾捡。只是，这里没有道路
人们一般不会，从此经过

卷四

空山赋

无名山

在青山绿水间，在鸟语花香处
我偎依着一座房子。日出供奉果实和灯盏
日落之后，还念着无字的经书

宏阔的宇宙，随着年轮的增长
慢慢变小。开始慢慢舍弃多余的部分
身外之物，舍弃；刺伤心灵的部分
毫不犹豫地剜除

在天地之间，我静默，独处
我把山川与河流放在高处。它们以同样的方式
把我容纳在身体里。没有激烈和热血般的爱
只有相安无事的共处和存在

乡野间

一棵一棵野花开向山顶

开向蓝天，开向白云。一棵一棵野花

它们之前从来不敢这么放肆地盛开

那时，因为我的身旁有你存在

你爱各色的野花，你会奔跑着去采摘

而现在，情况完全不同

你把你的位置交给虚空，虚空把它的所有

倾倒在我的身上。我的形单影只

好像可以被万物任意踩踏

后　来

后来，我独自居住在乡野，守着我的青山和庄稼
缓慢地度过时日。你寻迹而来，我暗自躲开——
我的门扣坏了，我的铁锁生锈了。你远道而来
我却不能再让你进门。我用粗实的绳索，绑住了入口

你徘徊在外面的样子，真让人忧伤
我隐藏在树林的身子，一直不停地颤抖。时光如刀
它已在我们各自的骨头里，留下碎裂的痕迹。即便再深刻
我们也不能再相见。晃动的白云和柔弱的阳光
一定能够知晓其中的缘由

佤山三章

一

我在佤山睡去
请在佤山，把我叫醒。我热爱的地方
我要一生热爱

我眷恋的地方，你要和我一起
融入它的肌肤和血液。佤山的早晨
有浓浓的白雾，佤山的傍晚
有红色的晚霞

请让我在这里睡去
请在这里把我叫醒。这是我一生追求的
这是我沉醉的幸福

二

喝酒，要与众人一起喝
一起喝，一起唱歌，一起忘记生活

酒里，只有酒，只有热烈和赤诚

但也有相反的时候，而且居多。喧嚣时
转向寂静。人流中，抛弃密集的语言
一个人，去找一块石头坐下来，听风
看星星，一个人把夜里的光芒，喝到暗淡

很多年了，消耗了很多年的时光
才发现，我的身体里，住着两个人
我爱着其中的一个，也爱着另外一个
而且不分彼此

三

任风往西吹，任月亮和太阳往西走
在壮年的时候，要和那些相反的事物抗拒到底
后来被它们制服，那是后来的事情

或者是狂妄，或者是逍遥
一生只为心而活，一生的能量集聚
只为把自己送进自由的时空

我抚琴的时候，是纵横驰骋的时候
我吹箫的时候，是想把石头焐热的时候

幸福镇上空的云彩

幸福镇的山，真高，真青翠
即便相隔很远，依旧看得很明朗

我在幸福镇，停留，驻足，喝了一瓶水
抬头的时候，看见飘逸的云彩，依偎着蔚蓝的天空

静止的白云，像灯笼，照着世间的万象
后来它们随风移动，幻化在高空

移动的白云，像孩子手中的涂改液
它们到处飞散，仿佛要消除命运的污点

在幸福镇，我认识的人
一个都不在家。我只能自己安顿自己

幸福镇的河流，流淌着。它和云彩的距离
比我与云彩的距离远。但我们，都同样卑微

如果可以擦拭一切，而一切又刚好可以重新开始
我想，那一定是人们常说的幸福

云游词

一

梦中见多年后的自己。语重心长地
对一个二十岁的孩子说，不是你太年轻
而是我已经老朽。但是，你也不必
幸灾乐祸。多年前，我也如你这般
不相信时间易逝

二

云游到乌木龙时，天空骤然剧变
风暴即将来临。奔跑的俐侎姑娘
像盛开的马缨花一样。她这么好的年纪
要么已经结婚嫁人
要么很快被人相中。她将活在古老的土地
延续千年而来的篇章。这个地方
这么偏远。她会默默无闻
最后像马缨花一样，凋零在厚实的土地上

三

我要去远游。不是距离上的远
是对现有世界的隔离，断开联系。在山中
不问世事，便是远游的一种

随风飘荡的树叶，像飞翔的鸟群
它们多么自由而快活，不停地
唱着响亮的歌

多么稀少的言辞啊
我竟然找不到一个合适的句子
书写胸中的激荡。我只能安静地看着

四

我去游走时，只愿一个人去。多余的人
就会有多余的话。当然，多出来的人
不说恼人的话。我还是会接受，一至二人
加入向前开拔的路途

五

居然有人在青葱的树林里

潺潺的溪流旁，弹奏古琴。一曲《独去独来》
简直不能不让人停下脚步

穿梭人群，听到最多的是声音
摸到最多的是孤独。孤独只能有孤独者
才能深刻地阐释它。我仿佛
可以对号入座

六

睡眠即将来临。这困难的入睡
和入睡的千重梦境，使我不停地
在奔波。我试图抗拒
但这毫无意义。这真像困境中的囚徒
进退两难——

澜沧江

澜沧江在脚下，纵身即可抵达

那深色的碧绿，使人迷醉。如果人生有空闲
我愿意去天涯海角走一程

我这样想的时候
澜沧江上有一艘船驶向落日

象山的羊群

象山的羊群，头朝着一个方向排开

有一只羊，最先吃了庄稼地里的玉米

其余的，争抢着跟上。它们在人间

做着一件令自身愉快，而无益于他者的事情

象山在上，有些树的枝丫伸向蓝天

有些石头，碎裂在宽阔的天空下。我从山脚的小路走过

我不是谁的主人

我不能改变谁的命运——

洁白的羊群，游走在绿色的山野。微动的风群

抚摸着生长的玉米的伤口。我们看见的这些大羊和小羊

今夜将坐实无家可归，因为它的放牧者已经触犯祸端

真真实实地死在了阴沟里

饮酒诗

饮一口酒，看一眼月亮
看一眼月亮，饮一口酒

我是落魄的子弟，也是高贵的神
我一个人，坐在浩浩荡荡的澜沧江之畔

有船只数条，从侧面驶过
它们先后去向视界的尽头。我始终在我的世界里

敬天地三杯酒，敬河流三杯酒
也敬自己三杯。在恍惚的尘世，我应该慰藉
我的肉身和灵魂

它们合二为一时，有着开山劈石的力量
它们分道扬镳时，始终渴望着交汇并流

一个人在山野

一个人，在香格里拉的山野
游走。紫色的花，从近处开向远处
我曾经的疏忽，是多么不可原谅
直到现在，我都叫不出它们的名字

细雨纷飞，牦牛成群结队
它们从我身边经过的时候
加快了步伐，仿佛我的存在
使它们感到不安

我的宁静源于我的心
其实，牛群不应该对我有所畏惧
我愿意与它们和睦共处。它们行走
它们躺下，它们低头吃草
我都不会干涉

一个人，在香格里拉的山野
从早晨走到黄昏
万千的植物和动物，是山野里的神

而我，在生命的状态上，和它们贴近

我出没在万物之间，万物在生长中慰藉我
我的灵魂，回到了我的肉身
我的肉身，卸下了疲倦和不堪
我是一个完整的我，游走在苍茫的天地间

塌　陷

左边的耳朵垂落下来，遮住了耳孔
这万无一失的塌陷。隔断了
纷扰的世事——

他们说，长虫山的落日，特别美
她坐在岩石上，等待夜晚的星星
渐次出场——她不听音乐，她只看流水

自然之诗

你幻化的形象，在寂静中
我感觉不到。在喧嚣中
我离你更远。我喜欢色调，色彩
尤其是随着年龄增长

我在纸上，游走笔端
落下去的线条，就是你的身材
叠加起来的色块
就是你的衣裳。空出来的部分
是你的魂灵

我靠近你，我触摸你
我表达你：你的真身和化身——
从最初到现在，我始终迷糊
又始终清晰——
我在天地之间，在阔达的气象里
我不需要所有的，都是实指

夜里远看泸水县

走了很久很久的路程
来到一个偏远的乡村

天空在上面，泸水县在对面
夜里，我背手外出
看见灯火点点。在隐匿和闪亮之间
它们就是天上的星星

这使我相信，而且真切地感受到
这个世界，是有众多的地方
即便我们未曾抵达
未曾深入，它们依旧自己点亮自己
依旧洋溢着温度，自己爱着自己

山 野

山野里，有树，有草，有石头
还有夜晚。我从幽暗的小道进去
迷失在月光隐藏的谷底。若有飞禽走兽
若有鬼魂游荡。我愿意与它们为伍

空　境

忘却尘世带来的烦恼，在山中小住几日
磨细欲望所勾连起的苦楚，在月下
烹酒煮茶。且安静几日，且从容几分

世间的尘土飞扬，不过转瞬之事
名利的拔节扬尖，只是过眼烟云——

在荒野，浩瀚的星空烛照我
庞大的风群簇拥我。宇宙在上——
我终于是一个能和尘埃齐名的事物
我也终于去了一趟，和风月等高
与大地同宽的永恒——

我的自得其乐，和我的进退自如
使我逍遥和快活——我原本就是尘世里
不沾染万物的空境
在兜绕了许多圈子之后，我终于能幸运地返还

在昔归

满山的茶园，以植物的属性
勃勃生长。在灼热的天气
我游走在古人背不走的土地

往事成风，岁月筑冢。在人间
此刻陪伴我的，是迥异于任何时空的
崭新的面孔

我有与植物交谈的愿望，却没有
超脱世俗的肉身——
请安静下来，和我一起驯服桀骜的心

自如之心

青色的屋顶之下，白色的猫儿
在奔跑。拐过弯，便看不见了它的影子
它像幽灵，也像阳光

我说不上爱那些忽然间出现的事物
也说不上不爱。它们的出现
像在安静的湖面，投入了巨大的石头
水声传得很远，很远
波纹去向杂草丛生的岸边

我有一间瓦房，藏在人迹罕至的青山绿水间
我在寂静时返回，在沉重时倚靠……当然
这并不是所有的可能。我也时常在我的空间
纵情歌唱，欢快地饮酒

迪庆九章

一

神灵在上，大地在下
我在中间，迎风穿行

高贵的神灵，请给予我指引
以便我在尘世，不至于迷途太深

二

高原的海拔，已经够高了
但是，仍有陡峭的山峰
不断地隆起。夜幕之前，我的心志和躯体
向着它们中的一座，迈出步伐

这永恒的，难以企及的高度。来到我的体内
我试着用灵魂和意念，去翻越它——
我已经不害怕绝望，更深的渊薮来临
我也会去迎接

三

广阔的苍穹，覆盖着无垠的土地
一个僧人，在浩瀚的尘世
念着经。我从迪庆走过，刚好完整地
遇见这一切。所有的人
请宁静内心，我们一起为万物加持

四

高空低垂，淫雨霏霏
奔跑的牦牛，像黑色的草籽
撒向黛色的山野

一个人，顶着风从远处走来
与我相向。我们迟早会打照面
我该怎样向他吐露，心中的词语

五

路途泥泞，我在褐色的土壤里
连跌三跤。我若是一棵植物
便不再抗拒，把根须扎向厚实的迪庆高原

六

维西来信，邀我前去喝酒
若是在古代，在曲折的路途里
见一次是一次，喝一口便少一口

时代赐予的交通便捷
使我断了北上的念头。我在香格里拉掉头
像倾泻的雨水，奔向丽江

在现代，有些地方也不是完美无缺的好
借口一次比一次多，情感一次又一次
被耗损。啊，能喝的酒一定要喝
能见的人一定要赶着去见

七

信仰的石头，一边长进了土壤
另一边朝着辽阔的高空。虔诚的朝拜者
低头而来，匍匐在山川与河流之间

八

落身山野，安顿灵魂

做一块陈年的老木，或者坚硬的石头
向着尽头行走，或者亘古地矗立
在迪庆高原，我有画地为牢的想法

多年来，快速地奔走和移动
不仅耗损了经年累月长成的躯体
也碰碎了气息虚弱的意识。神灵在上
自省之意，在伤口之上
长出迷人的翅膀

九

前人不见踪影
有的连坟墓也看不见——

青山依旧在，河流依旧在，明月依旧在
星星依旧在

坐在冰凉的石凳上，我静静地触摸着
消逝之人残存的余温

各 自

在昔归山中，大吼
时空没有破裂。在植物之前
说出人类的真谛
植物没有回应

我看见的
事物的本来面目。之前有洞穿者
现在也有，以后也会如此

但，这就像颜色不同的河流
即便交汇在一起
也很难化为一条整体的河

——我们很好地保持着己见
——我们有时敲开别人的门
只讲不着边际的闲话，不说需要思索的言语

遁世之刻

青翠的山野，从高处伸展到更高处
我离开世人的视线，只身走向更深处

我热爱这里的鲜花，我眷恋这里的绿树
我也喜欢这里的寂静和偏远……
其实，我的生活里，已经没有太多人
会对我有所挂念

但是，即便如此，我也想脱离世人生活的现场
喧嚣和吵闹，使我不得安宁。我多么渴望
有一块肥沃的菜地，一个清心寡欲的空间
——我陶醉于我的选择

在永德县的经纬里，在大雪山的腹地中
我背手踱步，口里打着响亮的哨声
遇见我的草地，打开宽阔的胸膛
我懒洋洋地在它的上面，睡到自然醒

江 河

奔流的江河，要去向太平洋
途中的我，要去向临沧

太阳藏在云层背后，大风从山谷呼啸而来

我只站在高处，看江流
之后，加入时间的集合。我不在万物中感伤

茶语九章

一

借土养命
以茶安神

二

茶，一个天地之间的幽灵
在人间，活了成百上千年

三

茶，古老的树木
藏在深山。不经意间
成了时间的见证者
荣辱兴衰的旁观者

四

祭祀与祷告，和酒有关
和食物有关，也和茶有关。茶，可以祈福
可以辟邪，可以跃过灾祸

五

在古老的年代，山的峰峦
蔓延在夜幕之中，雨的飞洒
驰骋在苦难的人间

茶，供奉着诸神。茶，与诸神
并列在高贵的空间

六

石头里生长出来的茶树
就连伸向天空的姿势，都与众不同

它的枝干仿佛更坚硬
它的芽子好像更挺拔

七

澜沧江蜿蜒在崇山峻岭之间。澜沧江的两岸
爬满了茶树的影子。它们像时光里的幽灵
飘过了一个又一个朝代，现在
它们终于来到我们这群人的中间。但我们
也只是它们的局外人，之后
将把我们甩进黑色的深渊，而它们则继续滞留人间

八

在一本书的一个章节，读到一个人
不远千里，赤足找寻茶叶。那时候
岁月艰难。茶，是一个人活着的
支柱。茶的汤，就像人的血
托举着命的运转

九

一生，受困于一个地方
一生，梦想着周游四方。一生，就像
一碗热气萦绕的茶汤
有苦，有涩
但其间，也有若隐若现的甘甜

祭亡灵

天空收走飞翔的赤羽
水体覆盖既有的过去

穿越澜沧江底部之时
认识的年轻灵魂，已经获得飞升

他亡命于年轻，折腰于疾病
他像年轻的神，久居在我的心里

林 中

林中的土壤松软，林中的山风清凉

在林中游荡的时候，收到远方朋友的来信

我在人迹罕至之地

还被人挂念着。这像林中的树木

无论哪个年月，都被春天铭记。我张开手

拥抱辽阔的自然，我像个巨大的婴儿

侘寂之境

一

磅礴的大地醒来，嫩绿的芽头

在春天里闯荡世界。我的一个朋友

闭目而坐，在茶的香气中

沐浴春风。他像一个和尚一样

晃动在我的视野里

二

在澜沧江夜游，在漂动的小船上

喝两瓶啤酒，喝一壶热茶……在奔流的水面之上

我怀着激动和兴奋，也保持着

少有的警惕。啊，快乐的精神

飞向高空。啊，在笨拙的空间里，没有不会沉没的身躯

三

这个性子急躁的人，使人急躁。这个急躁的人

在炒制茶叶的时候，慢了下来。这可能是
消解性子的一种很好的方式。把他留在乡下
春天，夏天，秋天，都和茶叶相伴，不停地采摘
炒茶，晒茶，喝茶……

四

制茶人文然兄，像诗人一样
活在茶的丛林里

五

刀三哥泡了昔归新茶
上了玉米老酒。在晚宴的最后
他说了一句："多乎哉，不多也。"
之后，另一个人的伟岸身体
便以崩盘之势，醉倒在澜沧江之畔

六

他酒后，想去看奔流的澜沧江
但我听说
这一带常有鬼神出没，便断了他
在夜里动身的念头

七

梦见自己变成羽人
饮了茶之后，便跃然而去。落在何处
如何落下。梦里没有这些
清醒时关心的细节

八

我已经在夜里饮下三杯茶
再饮三杯，天空就会发亮。一天正在茶中
成为永恒的过往，另一天
正在马不停蹄地赶来

九

我愿意品尝茶的涩味，苦味，回甘味
也愿意，在茶一样的人生里
朝气蓬勃地，走一场。向着阳光和雨露
向着星星和月亮

青稞地

青稞成熟，他在地里劳作
天空阴沉，雨水即将来临

如果他的速度足够慢
如果他不害怕淋雨，那么他一定会
弄得个浑身湿透。我远远地看着他

我们是彼此之间的陌生人
我们互不打招呼。他索性从地里
爬上了青稞架

他斜靠着吐起了烟雾。一缕一缕的
白色的曲线，慢慢飘升
和高空融为一体。他像个悠闲自在的人
一点也不为即将到来的时间担忧

忽然生出一种豪气

能喝一杯酒，就赶紧付诸行动，不要迟缓

能唱一首歌，就赶紧吼叫出来，不要犹豫

在前往下一站的时候，我一般不留更多的空间

等待任何人。就像迎面而来的某些事物

它们接触我，穿过我，最后抛弃我——相信你和我一样

看见了，无可奈何，而又无计可施。大河涤荡出滚滚波涛

纵横的群山顶着皑皑白雪。在人间，我忽然生出一种豪气

或者说，是一种孤注一掷的决绝。我们时间有限

在微茫的尘世，没有多少刚好遇见，我们所持有的

没有多少，不是萦绕着遗憾

向野之心

清茶之后
他一个人，去向山野

去寂静处，放走日夜缠绕他的鬼
迎接时刻指引他的神

道路弯曲，山野青青
两个为了生计而劳苦的夫妇，额头的沟壑
深深浅浅——他与他们相遇在狭窄的
不可回避处

他去向广阔的山野，他的渺小
如同他看见的草芥。他深爱着细微的事物
如果不是迷途，他必将深爱他的一切

越走越远，越走越静。我看着他的行进
——再过几个弯，他就会到达开阔处
那里一望无际，那里天地相对。那里
我曾经抵达，我祈愿他也能收获

清茶之后，他一个人去向山野

告别了世俗之地。他带着虔诚的

生长的向野之心

昔归记

一

向上延展的山体
伸进天空。天空是否有人居住

向下流动的土地
托举着澜沧江。水中是否有乾坤

二

在昔归，看水流
听涛声。在昔归，我思想着我的存在

抵达过永恒的人，请告诉我——
我送走的水，会在何时抵达太平洋

它们是否还有可以辨别的面目

三

浑厚的乌云，盘踞在天空
它们仿佛静止不动，又仿佛只是在蓄积
它们将以顷刻的时间
吞噬大地上的原有

在云雾升腾中，我远观昔归上空的天象
那种万物和万物博弈的决绝
我亲眼见证，亲口传达给世人——
即便，他们对此持有否定意见

四

大雨滂沱，洪水和石头
从山体的某个部位，向下滚动

我与它们持相反意见
我向山之更高拔处挺进

在美好的时光，我不打算亲眼目睹
见风而起的力量，随意袭击澜沧江

五

我怀想着远方，天地高远
海水浩荡。我没有任何消息
需要带去远方

即便大海上没有一个人
我也想去那里看一看——
请接纳我这个无端的念想

六

总有美好指引我们向前

在谷底奔腾的澜沧江中
最欢快的水滴，来自于世界的何处

请按梦的轨迹
回溯我出发的时间和地点

复 刻

几年前新盖的茶叶初制所
几年后，已经有斑驳的痕迹。我那时
在江边遇见的孩子
此时，应该长大成人
昔归这个望江而建的村子
是他永恒的故乡。但在他这个年龄
最大的梦想，可能是离开这个地方

我在静立的瞬间
想起那个遥远的早晨和黄昏
想起那个衣襟纷飞的自己。我那时的年少
正被现在的少年，穿在身上
遇见他，就像遇见已经被认知的自己
和未被揭开的部分

西　坡

愿做一株植物，站在旗山的西坡

一生不想迁徙的事情。风从一个方向吹来

太阳从一个方向落下，抖动的树冠

长向一个侧面——在山中，翻开道家的经书

便从此不再合上。如若获得开悟

一切都是源于自然的灵光

如若牵绊纠结，便把根须长进土中的石头

群 山

奔跑的群山，请收走我的灵魂
它在人间无人疼，无人爱。请收走
它的精气和血液
放我回归于永恒的迷人的自然

无字经

再念一遍经书，我就回家。我带着轻风和月亮
再念一遍经书，我就回家。我带着诗歌和围巾

我爱那些轻柔的事物，胜过那些坚硬的——
请原谅我讨好了一部分，而开罪了其他的部分
我原本是想，都去爱的。结果是，无能为力，无法企及

我捧着双手。空空的手掌上，晃动着经文的形状和长度
我一遍又一遍地温习着它。我快到家了，距离很近的
请容我再读一遍经书，我是如此地迷恋它

再念一遍经书，我就回家。我的澄澈和透明，我能摸到
我的轻盈和飘逸，我能感知

种种可能

他有清高和孤傲，有遗世独立的姿态

他在茶树下饮茶，写毛笔字

他在不甘寂寞中，怀念城市的喧嚣

他可能深爱着茶，但不是在遥远的乡下

他可能向着远方，但可能永远困守此地

空山赋

一

那个此刻与你擦肩而过的人
很有可能，正被别人在远处
日思夜想地，铭记着

二

窗台下的花草，碧绿着、盛开着……
在燥热的夏天，干旱日复一日叠加
那些可爱的精灵
如若没有我的陪伴，大约只有死路一条
那些可爱的精灵
如果没有它们萦绕，我大约早被
胸中的废气倾轧而亡

三

来日苦多。我不抬头看世界

我即众生，众生即我
我将不是个体中的我

我所做的一切都将不是因为我

四

我对这个世界的看法。发生了震动性改变
非爱，非恨。非留恋，非抛弃。我保留着呼吸
保留着肉身。我等待新的转变出现
或者，若不出现就把现有的固执穿透骨髓

五

大海的明亮，今生可能看不见
山野的空阔，足够我挥霍一生

六

梅影居士，是个名字
也是一顶帽子。我在岁月里的某一天戴上
就不会在岁月里的某一天摘下
刻进生命的符号
就是这么神奇。你无法用任何方式抹平

七

我要去远行了
我去向的是漫无边际的山野
山野里有什么？有盛开的野花
也有死去的故人。我要出发了
不要再质问我了

我若能回答所有的问题
我早已是先知的神明

八

我活着。和爱与恨无关
和有意义与无意义无关。我活着
夜深的时候失眠
天亮的时候照常起床

九

拴在天空下的棕马看见我的忧伤
它闭上了眼睛。飞在花丛里的蝴蝶
触摸到我的颤抖，它已不知道何去何从

瘦小的宇宙里，盛放着天大的哀愁
转瞬即逝的生命，根本无法做到收放自如
宠辱不惊

十

夜深人静，我写下的诗句
和我一样清醒。为什么要醒着？
渴望，看到的世界
裹着被子进入睡眠时间

十一

在春天撒下十万颗种子
在夏天撒下十万颗种子
在秋天撒下十万颗种子
在冬天撒下十万颗种子

我将在四季，含辛茹苦
埋头耕耘，不再追问结局和收获
我要像个农人，或者做回农人
每天早出晚归
每天披星戴月——

关于永恒的秘密

这是我获得的，最光明的指引

十二

在山中看日月，在山中听风雨

在山中，把自己交给坚硬的岩石

躺在上面，假装自己的肉身

有一部分，属于它。假装无坚不摧

在山中，等待时光的流逝

等待温度逐渐丧失。一个人拾捡起

看不见的凋零

十三

星星长满翅膀。全部投身各自的星系

地球上的少年奔跑着赶路，在落日之下

我看见庞然大物，也看见细小之孔。我看见

它们全都是尘埃

十四

踏上巨轮，驶向海洋的深处

我将这样漂流几个月，或者半年。在磨难中
使肉身苏醒

使命运感知，或改变潜在的轨迹。我站在另外的
港口，进进出出，庸常地生活
不同于现在的任何一个时刻

十五

我只能给你们讲故事。我不能再抒情
我只能给你们说出过程。我不能再判断

你们终于等到。一个热血青年
平复激动之后的温润如水。我之前从未如此
靠近过生命

十六

穿过沼泽地。她的双脚
依旧淹没在浑浊的水里——

神已经开恩。请允许我对此视而不见

十七

他把身体发表在大地
他再也不用双手写诗

十八

我不畏惧死亡
也不期待死亡。我是尘世间卑微的生物

我俯首贴尘
我接受自然的崇高法则

后　记

　　这部诗集，于我而言，有特殊的意义。从 2003 年写下第一行诗至今，转眼已是 20 年，在这些时间里，我经历了很多人生的重大事件。我既是主动向前，也是被动成长，它们的交互作用，使我成为今天的我，写出了今天的诗。这部诗集，我付出了很多的时间、精力和情感，每一次翻开它，我都是在艰难地面对自己。这种面对，是被完成的我与肉身的我之间的对话、博弈、抗争，我既会被某次会面中伤，也会因某次交锋而得到境界的飞升。

　　我喜欢王国维的《人间词话》，对他的境界之说以为然，所以，在写作诗歌这件事上，我很少俯身技术、技巧的探寻与雕琢，却很在意生命情感、人生境界的获得与拔高。我以为，胸有空山是一种澄明，心能寂静是一种境界，所以，把这部诗集命名为《空山寂》。诗集分为寂然录、慰藉书、孤影集、空山赋四卷，主要以佤山为宏大背景，关注山川草木、自然万物，聚焦人的精神世界图谱，对人类世界的焦虑与冲突、表象与内在进行整体的观察和广泛的思考。我觉得，这部诗集比我之前所写的要沉、要稳、要重，气象要大一些，它应该是一部多年之后自己仍会回味的作品。

诗集《空山寂》的出版，首先要感谢中国作协、云南作协的扶持，在我的文学之路上，它们一直给予了无微不至的关怀和帮助，给了我很多前进的动力。其次要感谢著名诗人雷平阳先生，他不仅在百忙之中为我提笔作序，而且还面对面帮助、指导我修改、润色作品，使我的这部诗集变得更加完整，先生的一言一行、一举一动，满是对后辈的呵护和勉励，让我没齿难忘。再次要感谢诗歌，是它给了我光，让我遇见了一切美好的事情，拥有了不同质地的生命情感，让我一点一点地获得参悟人生的智慧。

空山寂寂，我听见心的声音。

张伟锋

2023 年 8 月 23 日于昆明

图书在版编目（CIP）数据

空山寂 / 张伟锋著. -- 北京：作家出版社，2023.11
（中国少数民族文学之星丛书·2023年卷）
ISBN 978 - 7 - 5212 - 2509 - 9

Ⅰ. ①空⋯　Ⅱ. ①张⋯　Ⅲ. ①诗集 - 中国 - 当代
Ⅳ. ①I227

中国国家版本馆 CIP 数据核字（2023）第 183142 号

空山寂

作　　者：张伟锋
责任编辑：李亚梓
特约编辑：赵兴红
装帧设计：孙惟静
出版发行：作家出版社有限公司
社　　址：北京农展馆南里 10 号　　　邮　　编：100125
电话传真：86 - 10 - 63067186（发行中心及邮购部）
　　　　　86 - 10 - 65004079（总编室）
E - mail: zuojia@zuojia. net. cn
http: // www. ZUOJIACHUBANSHE. com
印　　刷：唐山玺诚印务有限公司
成品尺寸：152 × 230
字　　数：35 千
印　　张：15.25
版　　次：2023 年 11 月第 1 版
印　　次：2023 年 11 月第 1 次印刷
ISBN 978 - 7 - 5212 - 2509 - 9
定　　价：46.00 元